U0496366

启航吧！知识号

# 朱自清带你看世界

朱自清 —— 著
田 圆 —— 编著

北京理工大学出版社
BEIJING INSTITUTE OF TECHNOLOGY PRESS

版权专有　侵权必究

**图书在版编目（CIP）数据**

朱自清带你看世界 / 朱自清著；田圆编著 . 北京：北京理工大学出版社, 2025.7.
(启航吧知识号).
ISBN 978-7-5763-5401-0

Ⅰ . I206.6-49

中国国家版本馆 CIP 数据核字第 202552U9N8 号

| | |
|---|---|
| 责任编辑：李慧智 | 文案编辑：李慧智 |
| 责任校对：王雅静 | 责任印制：王美丽 |

出版发行 / 北京理工大学出版社有限责任公司

社　　址 / 北京市丰台区四合庄路 6 号

邮　　编 /100070

电　　话 /（010）82563891（童书售后服务热线）

网　　址 /http：//www.bitpress.com.cn

经　　销 / 全国各地新华书店

印　　刷 / 雅迪云印（天津）科技有限公司

开　　本 /710 mm×1000 mm　1/16

印　　张 /10.25

字　　数 /100 千字

版　　次 /2025 年 7 月第 1 版第 1 次印刷

定　　价 /38.00 元

图书出现印装质量问题，请拨打售后服务热线，负责调换

# 目录

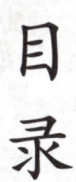

威尼斯 / 006

罗马 / 015

瑞士 / 030

荷兰 / 040

柏林 / 050

莱茵河 / 063

巴黎 / 069

三家书店 / 098

圣诞节 / 110

吃的 / 117

文人宅 / 124

加尔东尼市场 / 134

公园 / 139

博物院 / 149

# 威尼斯

1932 年 7 月 13 日作，费时两日
原载于 1932 年 9 月 1 日《中学生》第 27 号

威尼斯（Venice）是一个别致地方。出了火车站，你立刻便会觉得：这里没有汽车，要到那儿，不是搭小火轮，便是雇"刚朵拉"（Gondola）。大运河穿过威尼斯像反写的 S，这就是大街。另有小河道四百十八条，这些就是小胡同。轮船像公共汽车，在大街上走；"刚朵拉"是一种摇橹的小船，威尼斯所特有，它那儿都去。威尼斯并非没有桥；三百七十八座，有的是。只要不怕转弯抹角，那儿都走得到，用不着下河去。可是轮船中人还是很多，"刚朵拉"的买卖也似乎并不坏。

威尼斯是"海中的城"，在意大利半岛的东北角上，是一群小岛，外面一道沙堤隔开亚得利亚海。在圣马克广场的钟楼上看，团花簇锦似的东一块西一块在绿波里荡漾着。远处是水天相接，一片茫茫。这里没有什么煤烟，天空干干净净；在温和的日光中，一切都像透明的。中国人到此，仿佛在江南的水乡；夏初从欧洲北部来的，在这儿还可看见清清楚楚的春天的背影。海水那么绿，那么酽，会带你到梦中去。

威尼斯不单是明媚,在圣马克广场走走就知道。这个广场南面临着一道运河;场中偏东南便是那可以望远的钟楼。威尼斯最热闹的地方是这儿,最华妙庄严的地方也是这儿。除了西边,围着的都是三百年以上的建筑,东边居中是圣马克堂,却有了八九百年——钟楼便在它的右首。再向右是"新衙门";教堂左首是"老衙门"。这两溜儿楼房的下一层,现在满开了铺子。铺子前面是长廊,一天到晚是来来去去的人。紧接着教堂,直伸向运河去的是公爷府;这个一半属于小广场,另一半便属于运河了。

> **知识速递:**
>
> 刚朵拉:随着船夫轻轻摇动长桨,刚朵拉在波光粼粼的水面上缓缓前行,游客可以近距离地欣赏到威尼斯迷人的城市风光。
>
> 酽(yàn):指茶、酒等饮料味厚。
>
> 华妙:美妙;优美。

圣马克堂是广场的主人,建筑在十一世纪,原是卑赞廷式,以直线为主。十四世纪加上戈昔式的装饰,如尖拱门等;十七世纪又参入文艺复兴期的装饰,如栏干等。所以庄严华妙,兼而有之;这正是威尼斯的漂亮劲儿。

教堂里屋顶与墙壁上满是碎玻璃嵌成的画,大概是真金色的地,蓝色或红色的圣灵像。这些像做得非常肃穆。教堂的地是用大理石铺的,颜色花样种种不同。在那种空阔阴暗的氛围中，你觉得伟丽，也觉得森严。教堂左右那两溜儿楼房，式样各别、并不对称；钟楼高三百二十二英尺①，也偏在一边儿。但这两溜房子都是三层，都有许多拱门，恰与教堂的门面与圆顶相称；又都是白石造成，越衬出教堂的金碧辉煌来。

教堂右边是向运河去的路，是一个小广场，本来显得空阔些，钟楼恰好填了这个空子。好像我们戏里的大将出场，后面一杆旗子总是偏着取势；这广场的建筑，节奏其实是和谐不过的。十八世纪意大利卡那来陀（Canaletto）一派画家专画威尼斯的建筑，取材于这广场的很多。德国德莱司敦画院中有几张，真好。公爷府里有好些名人的壁画和屋顶画，丁陶来陀（Tintoretto，十六世纪）的大画《乐园》最著名；但更重要的是它建筑的价值。

运河上有了这所房子，增加了不少颜色。这全然是戈昔式；动工在九世纪初，以后屡次遭火，屡次重修，现在的据说还是原来的式样。最好看的是它的西南两面；西面斜对着圣马克广场，南面正在运河上。在运河里看，真像在画中。它也是三层：下两层是尖拱门，一眼看去，无数的柱子。最下层的拱门简单疏阔，是载重的样子；上一层便繁密得多，为装饰之用；最上层却更简单，一根柱子没有，除了疏疏落落的窗和门之外，都是整块的墙面。墙面上用白的与玫瑰红的大理石砌成素朴的方纹，在日光里鲜明得像少女一般。威尼斯人真不愧着色的能手。这所房子从运河中看，好像在水里。下两层是玲珑的架子，上一层才是屋子；这是很巧的结构，加上那艳而雅的颜色，令人有惝恍迷离之感。

府后有太息桥；从前一边是监狱，一边是法院，狱囚提讯须过这里，所以得名。拜伦诗中曾咏此，因而便脍炙人口起来，其实也只是近世的东西。

① 1 英尺 ≈ 0.3048 米。

008

**知识速递：**

取势：是指把握透了外部形势的态势和发展走向，并顺势而为的一种行为。势，即外部形势。

卡那来陀（1697—1768年）：今译卡纳莱托，意大利风景画家，尤以准确描绘威尼斯风光闻名。

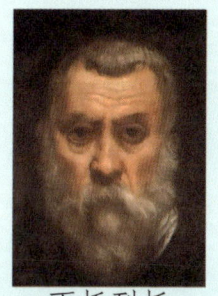

卡纳莱托

丁陶来陀（1518—1594年）：今译丁托列托，16世纪意大利威尼斯画派著名画家。他的作品传统中又有创新，在叙事传情方面突出强烈的运动，且色彩富丽奇幻，在威尼斯画派中独树一帜。

丁托列托

拜伦（1788—1824年）：英国19世纪初期伟大的浪漫主义诗人，代表作品有《恰尔德·哈罗德游记》《唐璜》等。

拜伦

脍炙人口：美味人人爱吃，比喻好的诗文或事物，人们都称赞和传颂。炙，烤熟的肉。

    威尼斯的夜曲是很著名的。夜曲本是一种抒情的曲子，夜晚在人家窗下随便唱。可是运河里也有；晚上在圣马克广场的河边上，看见河中有红绿的纸球灯，便是唱夜曲的船。雇了"刚朵拉"摇过去，靠着那个船停下，船在水中间，两边挨次排着"刚朵拉"在微波里荡着，像是两只翅膀。唱曲的有男有女，围着一张桌子坐，轮到了便站起来唱，旁边有音乐和着。曲词自然是意大利语，意大利的语音据说是最纯粹，最清朗。听起来似乎的确斩截些，女人的尤其如此——意大利的歌女是出名的。

音乐节奏繁密，声情热烈，想来是最流行的"爵士乐"。在微微摇摆的红绿灯球底下，颤着酽酽的歌喉，运河上一片朦胧的夜也似乎透出玫瑰红的样子。唱完几曲之后，船上有人跨过来，反拿着帽子收钱，多少随意。不愿意听了，还可摇到第二处去。这个略略像当年的秦淮河的光景，但秦淮河却热闹得多。

从圣马克广场向西北去，有两个教堂在艺术上是很重要的。

一个是圣罗珂堂，旁边有一所屋子，墙上屋顶上满是画；楼上下大小三间屋，共六十二幅画，是丁陶来陀的手笔。屋里暗极，只有早晨看得清楚。丁陶来陀作画时，因地制宜，大部分只粗粗钩勒，利用阴影，教人看了觉得是几经琢磨似的。《十字架》一幅在楼上小屋内，力量最雄厚。

佛拉利堂在圣罗珂近旁，有大画家铁沁（Titian，十六世纪）和近代雕刻家卡奴洼（Canova）的纪念碑。卡奴洼的，灵巧，是自己打的样子；铁沁的，宏壮，是十九世纪中叶才完成的。他的《圣处女升天图》挂在神坛后面，那朱红与亮蓝两种颜色鲜明极了，全幅气韵流动，如风行水上。倍里尼（Giovanni Bellini，十五世纪）的《圣母像》，也是他的精品。他们都还有别的画在这个教堂里。

**知识速递：**

斩截：坚定不移，干脆利落；清楚明白或比喻文风峻刻峭拔。

圣罗珂堂：即圣洛克大会堂，修建于 1478 年，因位于圣洛克大教堂而得名。圣洛克大会堂内拥有众多绘于 16 世纪的壁画作品。

佛拉利堂：即弗拉利圣母荣耀大教堂，教堂的主祭坛上就是提香的《圣母升天》图。

《圣母升天》

铁沁（约 1488/1490—1576 年）：今译提香·韦切利奥，又译提齐安诺·维伽略，英语系国家常称呼为提香，意大利文艺复兴后期威尼斯画派的代表画家。

提香

卡奴洼（1757—1822 年）：意大利著名雕塑家，代表作有《爱神和赛兹》等。

倍里尼（1430—1516 年）：即乔凡尼·贝利尼，意大利威尼斯画派画家。代表作品有《在花园里苦恼》《小树与圣母像》《诸神之宴》等。

贝利尼

从圣马克广场沿河直向东去，有一处公园，从 1895 年起，每两年在此地开国际艺术展览会一次。今年是第十八届，加入展览的有意、荷、比、西、丹、法、英、奥、苏俄、美、匈、瑞士、波兰十三国，意大利的东西自然最多，种类繁极了；未来派立体派的图画雕刻，都可见到，还有别的许多新奇的作品，说不出路数。颜色大概鲜明，教人眼睛发亮；建筑也是新式，简截不啰嗦，痛快之至。苏俄的作品不多，大概是工农生活表现，兼有沉毅和高兴的调子。他们也用鲜明的颜色，但显然没有很费心思在艺术上，作风老老实实，并不向牛犄角里寻找新奇的玩意儿。

　　威尼斯的玻璃器皿，刻花皮件，都是名产，以典丽风华胜，缂丝也不错。大理石小雕像，是著名大品的缩本，出于名手的还有味。

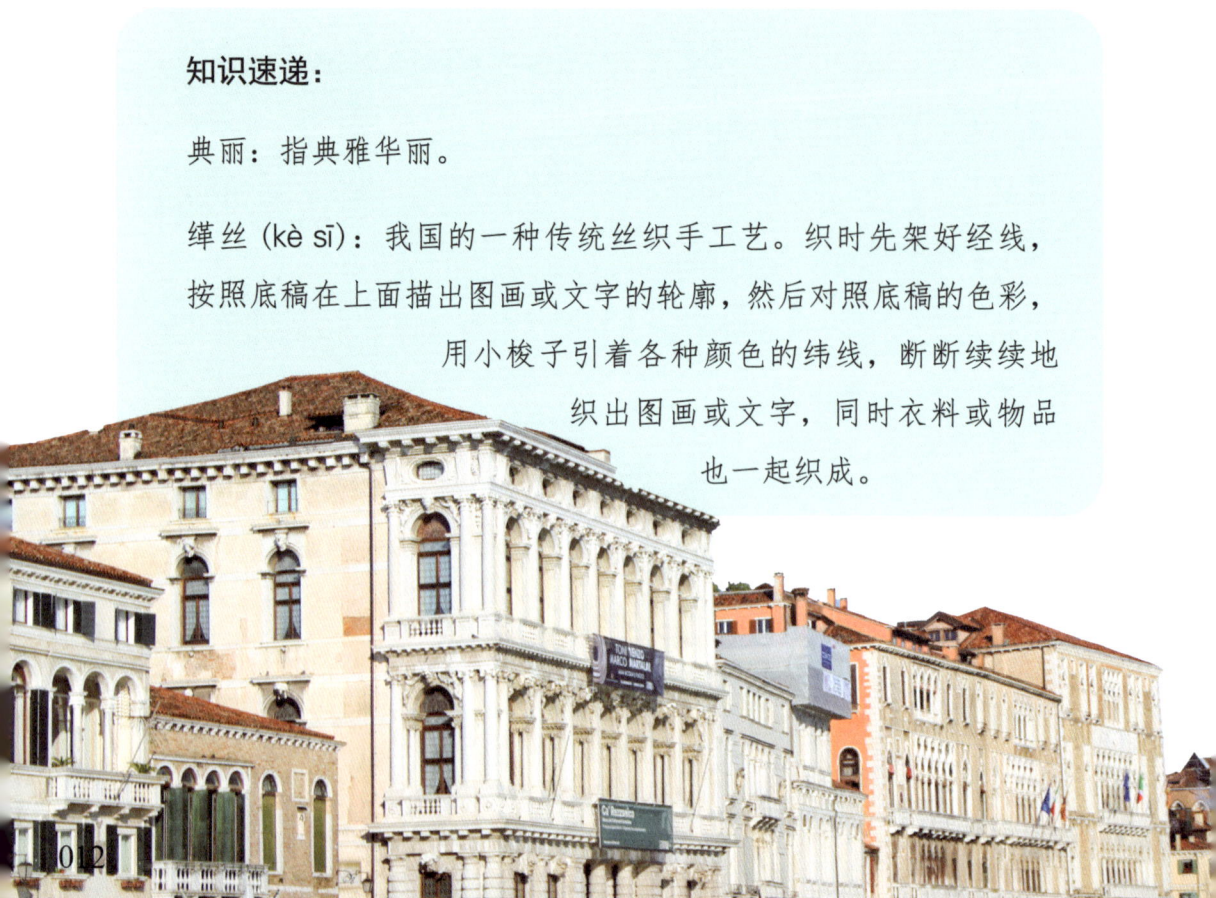

**知识速递：**

典丽：指典雅华丽。

缂丝 (kè sī)：我国的一种传统丝织手工艺。织时先架好经线，按照底稿在上面描出图画或文字的轮廓，然后对照底稿的色彩，用小梭子引着各种颜色的纬线，断断续续地织出图画或文字，同时衣料或物品也一起织成。

### 田老师讲：

读了朱自清的《威尼斯》，让人对其浪漫的异域风情产生了向往。

文章采用了风情与游踪双线交叠的手法，时而游踪，时而风物，分散重合，穿插交融，重构出一种和谐的美。

如果我们根据作者笔下的描述，将这些空间建筑按文中所叙的顺序和位置连缀排列起来，会轻而易举地临摹出一幅以圣马克广场为中心的威尼斯主要胜地的游览图，而且准确清晰，这不能不归功于作者逻辑叙述的严谨和规范。

开篇便直接写出了威尼斯的别致。首先是威尼斯的交通很有特色。桥很多，有三百七十八座，运河相当于大街，刚朵拉犹如陆地上的汽车，可以把人带到威尼斯的每个地方。

其次，是威尼斯的地理位置很特别。它位于意大利半岛的东北角上，是由一群小岛组成的，是一座"海中的城"。

再次，他用大量篇幅介绍了圣马克堂、公爷府、教堂的建筑和装饰风格。宗教和艺术氛围浓厚也让威尼斯更加与众不同。

最后，他写到了威尼斯的夜曲。晚上的运河上到处可见男女歌者，在有红绿纸球灯的刚朵拉上用意大利语唱歌。

现在的威尼斯，是威尼托地区的首府，意大利东北部著名的旅游与工业城市。城市不断发展，运河和桥也越建越多，依然是世界有名的"水城""桥城"。叹息桥、圣马克广场、圣马克教堂这些著名景点名扬海外，每年都吸引大量游客旅游观光。

时代不同了，朱自清先生当年见到的威尼斯如今已经大不一样，但是不变的是威尼斯还是那么"别致"，那么迷人！

**拓展阅读**

**威尼斯著名建筑简介**

## 圣马可广场（Piazza San Marco）▲

圣马可广场是威尼斯最著名的广场之一，被誉为"欧洲最美的客厅"。广场上有许多著名的建筑和雕塑，如圣马可大教堂和钟楼等。

## 圣马可大教堂（Basilica di San Marco）▼

圣马可大教堂是威尼斯的标志性建筑之一，以其拜占庭风格的外观和内部豪华的装饰而闻名于世。教堂内外都镶嵌着金色的马赛克装饰，展现了威尼斯建筑师的精湛技艺和艺术创造力。

# 罗马

原载于 1932 年 10 月 1 日《中学生》第 28 号

罗马（Rome）是历史上大帝国的都城，想象起来，总是气象万千似的。现在它的光荣虽然早过去了，但是从七零八落的废墟里，后人还可仿佛于百一。这些废墟，旧有的加上新发掘的，几乎随处可见，像特意点缀这座古城的一般。这边几根石柱子，那边几段破墙，带着当年的尘土，寂寞地陷在大坑里；虽然是夏天中午的太阳，照上去也黯黯淡淡，没有多少劲儿。

就中罗马市场（Forum Romanum）规模最大。这里是古罗马城的中心，有法庭，神庙，与住宅的残迹。卡司多和波鲁斯庙的三根哥林斯式的柱子，顶上还有片石相连着；在全场中最为秀拔，像三个丰姿飘洒的少年用手横遮着额角，正在眺望这一片古市场。想当年这里终日挤挤闹闹的也不知有多少人，各有各的心思，各有各的手法；现在只剩三两起游客指手画脚地在死一般的寂静里。犄角上有一所住宅，情形还好；一面是三间住屋，有壁画，已模糊了，地是嵌石铺成的；旁厢是饭厅，壁画极讲究，画的都是正大的题目，他们是很看重饭厅的。

市场上面便是巴拉丁山，是饱历兴衰的地方。最早是一个村落，只有些茅草屋子；罗马共和末期，一姓贵族聚居在这里；帝国时代，更是繁华。游人走上山去，两旁宏壮的住屋还留下完整的黄土坯子，可以见出当时阔人家的气局。屋顶一片平场，原是许多花园，总名法内塞园子，也是四百年前的旧迹；现在点缀些花木，一角上还有一座小喷泉。在这园子里看脚底下的古市场，全景都在望中了。

**知识速递：**

气局：气度格局。

市场东边是斗狮场，还可以看见大概的规模；在许多宏壮的废墟里，这个算是情形最好的。外墙是一个大圆圈儿，分四层，要仰起头才能看到顶上。下三层都是一色的圆拱门和柱子，上一层只有小长方窗户和楞子，这种单纯的对照教人觉得这座建筑是整整的一块，好像直上云霄的松柏，老干亭亭，没有一些繁枝细节。里面中间原是大平场；中古时在这儿筑起堡垒，现在满是一道道颓毁的墙基，倒成了四不像。这场子便是斗狮场；环绕着的是观众的坐位。下两层是包厢，皇帝与外宾的在最下层，上层是贵族的；第三层公务员坐，最上层平民坐：共可容四五万人。狮子洞还在下一层，有口直通场中。

016

**知识速递：**

颓毁：坍塌毁坏或衰落败坏。

斗狮是一种刑罚，也可以说是一种裁判：罪囚放在狮子面前，让狮子去搏他；他若居然制死了狮子，便是直道在他一边，他就可自由了。但自然是让狮子吃掉的多；这些人大约就算活该。想到临场的罪囚和他亲族的悲苦与恐怖，他的仇人的痛快，皇帝的威风，与一般观众好奇的紧张的面目，真好比一场恶梦。这个场子建筑在一世纪，原是戏园子，后来才改作斗狮之用。

斗狮场南面不远是卡拉卡拉浴场。古罗马人颇讲究洗澡，浴场都造得好，这一所更其华丽。全场用大理石砌成，用嵌石铺地；有壁画，有雕像，用具也不寻常。房子高大，分两层，都用圆拱门，走进去觉得稳稳的；里面金碧辉煌，与壁画雕像相得益彰。居中是大健身房，有喷泉两座。场子占地六英亩，可容一千六百人洗浴。洗浴分冷热水蒸气三种，各占一所屋子。古罗马人上浴场来，不单是为洗澡；他们可以在这儿商量买卖，和解讼事等等，正和我们上茶店上饭店一般作用。这儿还有好些游艺，他们公余或倦后来洗一个澡，找几个朋友到游艺室去消遣一回，要不然，到客厅去谈谈话，都是很"写意"的。

现在却只剩下一大堆遗迹。大理石本来还有不少，早给搬去造圣彼得等教堂去了；零星的物件陈列在博物院里。我们所看见的只是些巍巍峨峨参参差差的黄土骨子，站在太阳里，还有学者们精心研究出来的《卡拉卡拉浴场图》的照片，都只是所谓过屠门大嚼而已。

**知识速递：**

屠门大嚼：比喻心里想而得不到手，只好用不切实际的办法来安慰自己。

**词语辨析：**

相得益彰：指相互配合得好，各方的长处就更能显现。

相映成趣：相互衬托着，显得很有趣味，很有意思。

　　罗马从中古以来便以教堂著名。康南海《罗马游纪》中引杜牧的诗"南朝四百八十寺，多少楼台烟雨中"，光景大约有些相像的；只可惜初夏去的人无从领略那烟雨罢了。圣彼得堂最精妙，在城北尼罗圆场的旧址上。尼罗在此地杀了许多基督教徒。据说圣彼得上十字架后也便葬在这里。

　　这教堂几经兴废，现在的房屋是十六世纪初年动工，经了许多建筑师的手。密凯安杰罗七十二岁时，受保罗第三的命，在这儿工作了十七年。后人以为天使保罗第三假手于这一个大艺术家，给这座大建筑定下了规模；以后虽有增改，但大体总是依着他的。

　　教堂内部参照卡拉卡拉浴场的式样，许多高大的圆拱门稳稳地支着那座穹隆顶。教堂长六百九十六英尺，宽四百五十英尺，穹隆顶高四百零三英尺，可是乍看不觉得是这么大。因为平常看屋子大小，总以屋内饰物等为标准，饰物等的尺寸无形中是有谱子的。圣彼得堂里的却大得离了谱子，"天使像巨人，鸽子像老鹰"；所以教堂真正的大小，一下倒不容易看出了。但是你若看里面走动着的人，便渐渐觉得不同。教堂用彩色大理石砌墙，加上好些嵌石的大幅的名画，大都是亮蓝与朱红二色；鲜明丰丽，不像普通教堂一味阴沉沉的。密凯安杰罗雕的彼得像，温和光洁，别是一格，在教堂的犄角上。

**知识速递：**

康南海（1858—1927年）：即康有为，原名祖诒，字广厦，号长素。康有为是广东南海人，人称康南海。我国晚清到民国时期重要的政治家、思想家、教育家，资产阶级改良主义的代表人物。

康有为

密凯安杰罗（1475—1564年）：今译米开朗琪罗·博那罗蒂，意大利文艺复兴时期伟大的绘画家、雕塑家、建筑师和诗人，文艺复兴时期雕塑艺术最高峰的代表，与拉斐尔·桑西和列奥纳多·达·芬奇并称为文艺复兴三杰。代表作有《大卫》《创世纪》等。

米开朗琪罗

> 保罗第三（1534—1549年在位）：即保罗三世天主教教皇，他的整顿教会、主持会议、资助文艺事业和庇护科学家等举措，对天主教会的发展和文艺复兴的推动都产生了深远的影响。

保罗三世

圣彼得堂两边的列柱回廊像两只胳膊拥抱着圣彼得圆场；留下一个口子，却又像个夹。场中央是一座埃及的纪功方尖柱，左右各有大喷泉。那两道回廊是十七世纪时亚历山大第三所造，成于倍里尼（Bernini）之手。廊子里有四排多力克式石柱，共二百八十四根；顶上前后都有栏干，前面栏干上并有许多小雕像。场左右地上有两块圆石头，站在上面看同一边的廊子，觉得只有一排柱子，气魄更雄伟了。这个圆场外有一道弯弯的白石线，便是梵谛冈与意大利的分界。教皇每年复活节站在圣彼得堂的露台上为人民祝福，这个场子内外据说是拥挤不堪的。

圣保罗堂在南城外，相传是圣保罗葬地的遗址，也是柱子好。门前一个方院子，四面廊子里都是些整块石头凿出来的大柱子，比圣彼得的两道廊子却质朴得多。教堂里面也简单空廓，没有什么东西。但中间那八十根花岗石的柱子，和尽头处那六根蜡石的柱子，纵横地排着，看上去仿佛到了人迹罕至的远古的森林里。柱子上头墙上，周围安着嵌石的历代教皇像，一律圆框子。教堂旁边另有一个小柱廊，是十二世纪造的。这座廊子围着一所方院子，在低低的墙基上排着两层各色各样的细柱子，有些还嵌着金色玻璃块儿。这座廊子精工可以说像湘绣，秀美却又像王羲之的书法。

**知识速递：**

多力克式石柱：多立克柱式（Doric Order）是古典建筑风格的标志性特征之一，它代表了古希腊建筑艺术的早期阶段，大约出现在公元前7世纪。

湘绣：湖南省长沙市特产，中国国家地理标志产品。

王羲之：字逸少，官至右军将军，世称王右军。东晋时期大臣、文学家、书法家，有"书圣"之誉。

在城中心的威尼斯方场上巍然蹯踞着的，是也马奴儿第二的纪功廊。这是近代意大利的建筑，不缺少力量。一道弯弯的长廊，在高大的石基上。前面三层石级：第一层在中间，第二三层分开左右两道，通到廊子两头。这座廊子左右上下都匀称，中间又有那一弯，便兼有动静之美了。从廊前列柱间看到暮色中的罗马全城，觉得幽远无穷。

罗马艺术的宝藏自然在梵谛冈宫；卡辟多林博物院中也有一些，但比起梵谛冈来就太少了。梵谛冈有好几个雕刻院，收藏约有四千件，著名的《拉奥孔》（Laocoon）便在这里。画院藏画五十幅，都是精品，拉飞尔的《基督现身图》是其中之一，现在却因修理关着。

梵谛冈的壁画极精彩，多是拉飞尔和他门徒的手笔，为别处所不及。有四间拉飞尔室和一些廊子，里面满是他们的东西。拉飞尔由此得名。他是乌尔比奴人，父亲是诗人兼画家。他到罗马后，极为人所爱重，大家都要教他画；他忙不过来，只好收些门徒作助手。他的特长在画人体。这是实在的人，肢体圆满而结实，有肉有骨头。这自然受了些佛罗伦司派的影响，但大半还是他的天才。他对于气韵，远近，大小与颜色也都有敏锐的感觉，所以成为大家。他在罗马住的屋子还在，坟在国葬院里。

**知识速递：**

蹯踞(fán jù)：盘旋虬曲的样子。

拉飞尔：今译拉斐尔·桑西，意大利文艺复兴时期的画家和建筑师，代表作品包括《西斯廷圣母》《披纱巾的少女》等，展现了拉斐尔甜美、悠然的抒情风格以及精湛的绘画技巧。

拉斐尔

《最后的审判》

歇司丁堂与拉飞尔室齐名，也在宫内。这个神堂是十五世纪时歇司土司第四造的，长一百三十三英尺，宽四十五英尺。两旁墙的上部，都由佛罗伦司派画家装饰，有波铁乞利在内。屋顶的画满都是密凯安杰罗的，歇司丁堂著名在此。密凯安杰罗是佛罗伦司派的极峰。他不多作画，一生精华都在这里。他画这屋顶时候，以深沉肃穆的心情渗入画中。他的构图里气韵流动着，形体的勾勒也自然灵妙，还有那雄伟出尘的风度，

都是他独具的好处。堂中祭坛的墙上也是他的大画，叫做《最后的审判》。这幅壁画是以后多年画的，费了他七年工夫。

> **知识速递：**
>
> 佛罗伦司派：即佛罗伦萨派，意大利文艺复兴时代形成的美术流派，13世纪末已经形成。
>
> 《最后的审判》：是米开朗琪罗于1534年至1541年受命于罗马教宗保罗三世为西斯廷天主堂绘制的壁画，现藏于梵蒂冈西斯廷礼拜堂。

罗马城外有好几处隧道，是一世纪到五世纪时候基督教徒挖下来做墓穴的，但也用作敬神的地方。尼罗搜杀基督教徒，他们往往避难于此。最值得看的是圣卡里斯多隧道；那儿还有一种热诚花，十二瓣，据说是代表十二使徒的。

我们看的是圣赛巴司提亚堂底下的那一处；大家点了小蜡烛下去。曲曲折折的狭路，两旁是大大小小深深浅浅的墓穴；现在自然是空的，可是有时还看见些零星的白骨。有一处据说圣彼得住过，成了龛堂，壁上画得很好。别处也还有些壁画的残迹。这个隧道似乎有四层，占的地方也不小。圣赛巴司提亚堂里保存着一块石头，上有大脚印两个；他们说是耶稣基督的，现在供养在神龛里。另一个教堂也供着这么一块石头，据说是仿本。

023

**知识速递：**

尼罗（37—68年）：全名尼禄·克劳狄乌斯·恺撒·奥古斯都·日耳曼尼库斯。罗马帝国第五位皇帝，是古罗马乃至欧洲历史上著名的暴君。

神龛(kān)：供奉神像或者祖宗牌位的小阁子。

尼禄

　　缥继堂建于第五世纪，专为供养拴过圣彼得的一条铁链子。现在这条链子还好好的在一个精美的龛子里。堂中周理乌司第二纪念碑上有密凯安杰罗雕的几座像；摩西像尤为著名。那种原始的坚定的精神和勇猛的力量从眉目上，胡须上，胳膊上，手上，腿上，处处透露出来，教你觉得见着了一个伟大的人。又有个阿拉古里堂，中有圣婴像。这个圣婴自然便是耶稣基督；是十五世纪耶路撒冷一个教徒用橄榄木雕的。他带它到罗马，供养在这个堂里。四方来许愿的很多，据说非常灵验；它身上密层层地挂着许多金银饰器都是人家还愿的。还有好些信写给它，表示敬慕的意思。

　　罗马城西南角上，挨着古城墙，是英国坟场或叫做新教坟场。这里边葬的大都是艺术家与诗人，所以来参谒来凭吊的意大利人和别国的人终日不绝。就中最有名的自然是十九世纪英国浪漫诗人雪莱与济兹的墓。雪莱的心葬在英国，他的遗灰在这儿。墓在古城墙下斜坡上，盖有一块长方的白石；第一行刻着"心中心"，下面两行是生卒年月，再下三行是莎士比亚《风暴》中的仙歌：

彼无毫毛损，海涛变化之，从此更神奇。

好在恰恰关合雪莱的死和他的为人。济兹墓相去不远，有墓碑，上面刻着道：

这座坟里是英国一位少年诗人的遗体；他临死时候，
想着他仇人们的恶势力，
痛心极了，叫将下面这一句话刻在他的墓碑上："这儿躺着一个人，他的名字是用水写的。"

末一行是速朽的意思；但他的名字正所谓"不废江河万古流"，又岂是当时人所料得到的。后来有人别作新解，根据这一行话做了一首诗，连济兹的小像一块儿刻铜嵌在他墓旁墙上。这首诗的原文是很有风趣的：

济兹名字好，
说是水写成；
一点一滴水，
后人的泪痕——
英雄枯万骨，
难如此感人。
安睡吧，
陈词虽挂漏，
高风自峥嵘(róng)。

这座坟场是罗马富有诗意的一角；有些爱罗马的人虽不死在意大利，也会遗嘱葬在这座"永远的城"的永远的一角里。

**知识速递：**

缧绁(léi xiè)堂：指圣彼得大教堂。缧绁，捆绑犯人的黑绳索。借指监狱；囚禁。

珀西·比希·雪莱（1792—1822年）：英国浪漫主义民主诗人、作家，被誉为"诗人中的诗人"，与乔治·戈登·拜伦并称为英国浪漫主义诗歌的"双子星座"。

雪莱

济兹（1795—1821年）：今译约翰·济慈，19世纪初期英国诗人，浪漫派的主要成员。

济慈

遗灰：死者火化后留下的骨灰。

威廉·莎士比亚（1564—1616年）：英国文艺复兴时期剧作家、诗人，被誉为"人类文学奥林匹斯山上的宙斯"。

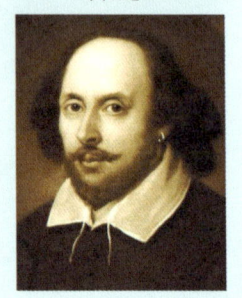

威廉·莎士比亚

## 田老师讲：

有句俗语大家都耳熟能详：条条大路通罗马。罗马城曾是地跨亚欧非三洲的古罗马帝国政治、经济和文化中心，这句谚语正反映出罗马城的中心地位。

罗马太大了，景观太多了，按照游踪介绍，说不定就会被绕晕，而且有琐碎凌乱感，不如突出罗马最有特色的景观。作者正是这么构思的，他把叙写分成了三个部分，运用了由点到面的布局，以罗马市场为中心，先写罗马"城市上面"的巴拉丁山，继而写"市场东边"的斗狮场，再写"斗狮场"南面的卡拉浴场，把罗马星罗棋布的古迹按顺序连缀在一起来叙写。有趣的是，这几处分别反映着古罗马的经济活动和文化娱乐活动。作者通过想象细腻地还原了原建筑的细节和罗马人的活动场景，与现实中的废墟形成了鲜明的今昔对比，表现出淡淡的孤寂和忧郁之情。

其次是宗教文化景观。作者撷取了城北的圣彼得堂和南城外的圣保罗堂作为叙写对象。写圣彼得堂，重在介绍它悠久的历史，描写空间的高大、色彩的鲜丽。在突出教堂的宏伟阔大时，不仅通过精确的数字来记录尺寸，还通过参照物的改变（由看教堂中的饰物转而看走动的人）表达自己的感受与发现。写圣保罗堂时，重在将它的柱子和圣彼得堂两边的列柱回廊相比较。为了让国人更好地理解，朱自清以我们熟悉的湘绣和王羲之的书法来做比喻，表达自己的审美见解："精工可以说像湘绣，秀美却又像王羲之的书法。"这样一来，读者就感觉陌生的罗马似乎不那么遥远了。

艺术文化景观是重点叙写的部分。作者先来到梵蒂冈宫的拉飞尔室和歇司丁室，介绍了藏品及壁画创作者的创作风格。在简单介绍了城外圣塞巴斯提压堂下的隧道后，来到缧绁堂，重点介绍了几座有名的雕像。然后进入罗马最富"诗意"的一角——新教坟场。作者没有对坟场中的艺术家和诗人做全景式的介绍，而是选取了雪莱和济慈这两位英国诗人的墓穴，介绍后人对两者的评价和敬仰。

朱自清的这篇游记在写景状物的同时，穿插介绍了众多的艺术家以及他们的作品，记叙了一些历史人物及重大事件，让读者跟随他的脚步感受罗马波澜壮阔的历史，亦被伟大的艺术熏陶，回味无穷。

**拓展阅读**

## 中罗马市场（Forum Romanum）

中罗马市场，作为古罗马的心脏地带，曾是政治、经济、宗教和文化的中心。如今虽已成为废墟遗址，但仍吸引着无数游客前来凭吊。市场内保留有元老院、神庙、会堂等重要建筑的遗迹，如提多大帝凯旋门、安东尼皇帝和皇后法乌斯蒂娜庙等。这里也曾是古罗马人举行庆祝、进行选举、演讲、审判以及角斗表演的地方。漫步在这片废墟之中，仿佛能穿越时空，感受到古罗马昔日的繁荣与强大。

## 梵蒂冈宫（Vatican Palace）

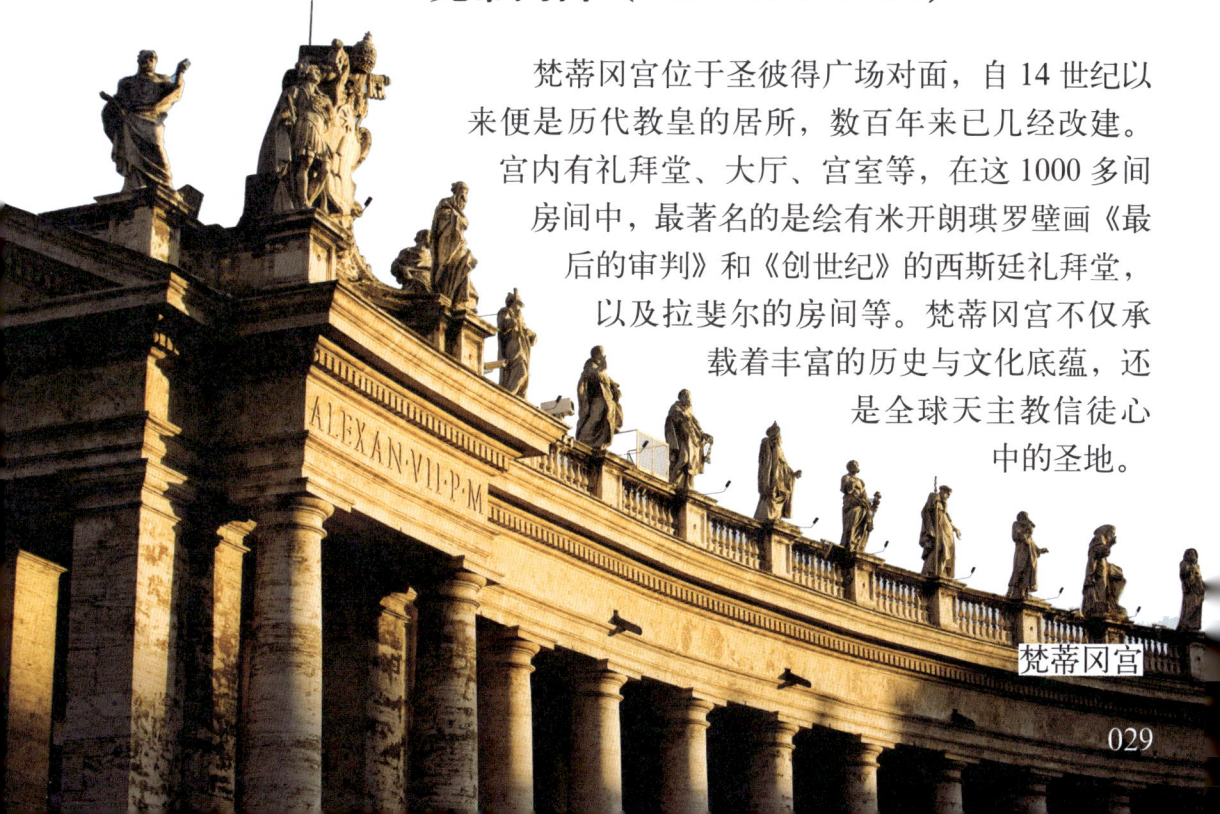

梵蒂冈宫位于圣彼得广场对面，自14世纪以来便是历代教皇的居所，数百年来已几经改建。宫内有礼拜堂、大厅、宫室等，在这1000多间房间中，最著名的是绘有米开朗琪罗壁画《最后的审判》和《创世纪》的西斯廷礼拜堂，以及拉斐尔的房间等。梵蒂冈宫不仅承载着丰富的历史与文化底蕴，还是全球天主教信徒心中的圣地。

梵蒂冈宫

# 瑞士

1932 年 10 月 17 日作

瑞士有"欧洲的公园"之称。起初以为有些好风景而已；到了那里，才知无处不是好风景，而且除了好风景似乎就没有什么别的。这大半由于天然，小半也是人工。瑞士人似乎是靠游客活的，只看很小的地方也有若干若干的旅馆就知道。他们拼命地筑铁道通轮船，让爱逛山的爱游湖的都有落儿；而且车船两便，票在手里，爱怎么走就怎么走。

瑞士是山国，铁道依山而筑，隧道极少；所以老是高高低低，有时像差得很远的。还有一种爬山铁道，这儿特别多。狭狭的双轨之间，另加一条特别轨：有时是一个个方格儿，有时是一个个钩子；车底下带一种齿轮似的东西，一步步咬着这些方格儿，这些钩子，慢慢地爬上爬下。这种铁道不用说工程大极了；有些简直是笔陡笔陡的。

逛山的味道实在比游湖好。瑞士的湖水一例是淡蓝的，真正平得像镜子一样。太阳照着的时候，那水在微风里摇晃着，宛然是西方小姑娘的眼。若遇着阴天或者下小雨，湖上迷迷蒙蒙的，水天混在一块儿，人如在睡里梦里。也有风大的时候；那时水上便皱起粼粼的细纹，有点像颦眉的西子。可是这些变幻的光景在岸上或山上才能整个儿看见，在湖里倒不能领略许多。况且轮船走得究竟慢些，常觉得看来看去还是湖，不免也腻味。

逛山就不同，一会儿看见湖，一会儿不看见；本来湖在左边，不知怎么一转弯，忽然挪到右边了。湖上固然可以看山，山上还可看山，阿尔卑斯有的是重峦叠嶂，怎么看也不会穷。山上不但可以看山，还可以看谷；稀稀疏疏错错落落的房舍，仿佛有鸡鸣犬吠的声音，在山肚里，在山脚下。看风景能够流连低徊固然高雅，但目不暇接地过去，新境界层出不穷，也未尝不淋漓痛快；坐火车逛山便是这个办法。

**知识速递：**

笔陡：形容十分陡峭。

颦(pín)眉：皱眉，蹙眉。

卢参（Luzerne）在瑞士中部，卢参湖的西北角上。出了车站，一眼就看见那汪汪的湖水和屏风般的青山，真有一股爽气扑到人的脸上。与湖连着的是劳思河，穿过卢参的中间。河上低低的一座古水塔，从前当作灯塔用；这儿称灯塔为"卢采那"，有人猜"卢参"这名字就是由此而出。这座塔低得有意思；依傍着一架曲了又曲的旧木桥，倒配了对儿。这架桥带顶，像廊子；分两截，近塔的一截低而窄，那一截却突然高阔起来，仿佛彼此不相干，可是看来还只有一架桥。

不远儿另是一架木桥，叫龛桥，因上有神龛得名，曲曲的，也古。许多对柱子支着桥顶，顶底下每一根横梁上两面各钉着一大幅三角形的木板画，总名"死神的跳舞"。每一幅配搭的人物和死神跳舞的姿态都不相同，意在表现社会上各种人的死法。画笔大约并不算顶好，但这样上百幅的死的图画，看了也就够劲儿。过了河往里去，可以看见城墙的遗迹。墙依山而筑，蜿蜒如蛇；现在却只见一段一段的嵌在住屋之间。但九座望楼还好好的，和水塔一样都是多角锥形；多年的风吹日晒雨淋，颜色是黯淡得很了。

冰河公园也在山上。古代有一个时期北半球全埋在冰雪里，瑞士自然在内。阿尔卑斯山上积雪老是不化，越堆越多。在底下的渐渐地结成冰，最底下的一层渐渐地滑下来，顺着山势，往谷里流去。这就是冰河。冰河移动的时候，遇着夏季，便大量地溶化。这样溶化下来的一股大水，力量无穷；石头上一个小缝儿，在一个夏天里，可以让冲成深深的大潭。这个叫磨穴。有时大石块被带进潭里去，出不来，便只在那儿跟着水转。初起有棱角，将潭壁上磨了许多道儿；日子多了，棱角慢慢光了，就成了一个大圆球，还是转着。这个叫磨石。冰河公园便以这类遗迹得名。

大大小小的石潭，大大小小的石球，现在是安静了；但那粗糙的样子还能教你想见多少万年前大自然的气力。可是奇怪，这些不言不语的顽石，居然背着多少万年的历史，比我们人类还老得多多；要没人卓古证今地说，谁相信。这样讲，古诗人慨叹"磊磊涧中石"，似乎也很有些道理在里头了。

这些遗迹本来一半埋在乱石堆里，一半埋在草地里，直到一八七二年秋天才偶然间被发现。还发现了两种化石；一种上是些蚌壳，足见阿尔卑斯脚下这一块土原来是滔滔的大海。另一种上是片棕叶，又足见此地本有热带的大森林。这两期都在冰河期前，日子虽然更杳茫，光景却还能在眼前描画得出，但我们人类与那种大自然一比，却未免太微细了。

**知识速递：**

"磊磊涧中石"：出自两汉佚名的《青青陵上柏》，首联"青青陵上柏，磊磊涧中石"，译文为"陵墓上长得青翠的柏树，溪流里堆聚成堆的石头"。

杳茫：渺茫，迷茫。

立矶山（Rigi）在卢参之西，乘轮船去大约要一点钟。去时是个阴天，雨意很浓。四周陡峭的青山的影子冷冷地沉在水里。湖面儿光光的，像大理石一样。上岸的地方叫威兹老，山脚下一座小小的村落，疏疏散散遮遮掩掩的人家，静透了。

上山坐火车，只一辆，走得可真慢，虽不像蜗牛，却像牛之至。一边是山，太近了，不好看。一边是湖，是湖上的山；从上面往下看，山像一片一片儿插着，湖也像只有一薄片儿。有时窗外一座大崖石来了，便什么都不见；有时一片树木来了，只好从枝叶的缝儿里张一下。

山上和山下一样，静透了，常常听到牛铃儿叮儿当的。牛带着铃儿，为的是跑到那儿都好找。这些牛真有些"不知汉魏"，有一回居然挡住了火车；开车的还有山上的人帮着，吆喝了半天，才将它们哄走。但是谁也没有着急，只微微一笑就算了。山高五千九百零五英尺，顶上一块不大的平场。据说在那儿可以看见周围九百里的湖山，至少可以看见九个湖和无数的山峰。可是我们的运气坏，上山后云便越浓起来；到了山顶，什么都裹在云里，几乎连我们自己也在内。在不分远近的白茫茫里闷坐了一点钟，下山的车才来了。

交湖（Interlaken）在卢参的东南。从卢参去，要坐六点钟的火车。车子走过勃吕尼山峡。这条山峡在瑞士是最低的，可是最有名。沿路的风景实在太奇了。车子老是挨着一边儿山脚下走，路很窄。那边儿起初也只是山，青青青青的。越往上走，那些山越高了，也越远了，中间豁然开朗，一片一片的谷，是从来没看见过的山水画。车窗里直望下去，却往往只见一丛丛的树顶，到处是深的绿，在风里微微波动着。

路似乎颇弯曲的样子，一座大山峰老是看不完；瀑布左一条右一条的，多少让山顶上的云掩护着，清淡到像一些声音都没有，不知转了多少转，到勃吕尼了。这儿高三千二百九十六英尺，差不多到了这条峡的顶。从此下山，不远便是勃利安湖的东岸，北岸就是交湖了。车沿着湖走。太阳出来了，隔岸的高山青得出烟，湖水在我们脚下百多尺，闪闪的像珐琅一样。

**知识速递：**

"不知汉魏"：出自东晋陶渊明所作《桃花源记》一文的"不知有汉，何论魏晋"，意思是不知道有汉朝，三国魏及晋朝就更不知道了。形容因长期脱离现实，对社会状况特别是新鲜事物一无所知；也形容知识贫乏，学问浅薄。

珐琅：涂料名，又称搪瓷、佛郎、法蓝，是一外来语的音译词。

 

交湖高一千八百六十六英尺，勃利安湖与森湖交会于此。地方小极了，只有一条大街；四周让阿尔卑斯的群峰严严地围着。其中少妇峰最为秀拔，积雪皑皑，高出云外。街北有两条小径。一条沿河，一条在山脚下，都以幽静胜。小径的一端，依着座小山的形势参差地安排着些别墅般的屋子。街南一块平原，只有稀稀的几个人家，显得空旷得不得了。早晨从旅馆的窗子看，一片清新的朝气冉冉地由远而近，仿佛在古时的村落里。

街上满是旅馆和铺子；铺子不外卖些纪念品，咖啡，酒饭等等，都是为游客预备的；还有旅行社，更是的。这个地方简直是游客的地方，

不像属于瑞士人。纪念品以刻木为最多，大概是些小玩意儿；是一种涂紫色的木头，虽然刻得粗略，却有气力。在一家铺子门前看见一个美国人在说，"你们这些东西都没有用处；我不欢喜玩意儿。"买点纪念品而还要考较用处。此君真美国得可以了。

从交湖可以乘车上少妇峰，路上要换两次车。在老台勃鲁能换爬山电车，就是下面带齿轮的。这儿到万根，景致最好看。车子慢慢爬上去，窗外展开一片高山与平陆，宽旷到一眼望不尽。坐在车中，不知道车子如何爬法；却看那边山上也有一条陡峻的轨道，也有车子在上面爬着，就像一只甲虫。到万格那尔勃可见冰川，在太阳里亮晶晶的。到小夏代格再换车，轨道中间装上一排铁钩子，与车底下的齿轮好咬得更紧些。这条路直通到少妇峰前头，差不多整个儿是隧道；因为山上满积着雪，不得不打山肚里穿过去。这条路是欧洲最高的铁路，费了十四年工夫才造好，要算近代顶伟大的工程了。

在隧道里走没有多少意思，可是哀格望车站值得看。那前面的看廊是从山岩里硬凿出来的。三个又高又大又粗的拱门般的窗洞，教你觉得自己藐小。望出去很远；五千九百零四英尺下的格林德瓦德也可见。少妇峰站的看廊却不及这里；一眼尽是雪山，雪水从檐上滴下来，别的什么都没有。虽在一万一千三百四十二英尺的高处，而不能放开眼界，未免令人有些怅怅。但是站里有一架电梯，可以到山顶上去。

这是小小一片高原，在明西峰与少妇峰之间，三百二十英尺长，厚厚地堆着白雪。雪上虽只是淡淡的日光，乍看竟耀得人睁不开眼。这儿可望得远了。一层层的峰峦起伏着，有戴雪的，有不戴的；总之越远越淡下去。山缝里躲躲闪闪一些玩具般的屋子，据说便是交湖了。原上一头插着瑞士白十字国旗，在风里飒飒地响，颇有些气势。山上不时地雪崩，沙沙沙沙流下来像水一般，远看很好玩儿。脚下的雪滑极，不走惯的人寸步都得留神才行。少妇峰的顶还在二千三百二十五英尺之上，得凭着自己的手脚爬上去。

下山还在小夏代格换车，却打这儿另走一股道，过格林德瓦德直到交湖，路似乎平多了。车子绕明西峰走了好些时候。明西峰比少妇峰低些，可是大。少妇峰秀美得好，明西峰雄奇得好。车子紧挨着山脚转，陡陡的山势似乎要向窗子里直压下来，像传说中的巨人。这一路有几条瀑布；瀑布下的溪流快极了，翻着白沫，老像沸着的锅子。早九点多在交湖上车，回去是五点多。

司皮也兹（Spiez）是玲珑可爱的一个小地方：临着森湖，如浮在湖上。路依山而建，共有四五层，台阶似的。街上常看不见人。在旅馆楼上待着，远处偶然有人过去，说话声音听得清清楚楚的。傍晚从露台上望湖，山脚下的暮霭混在一抹轻蓝里，加上几星儿刚放的灯光，真有味。孟特罗（Montreux）的果子可可糖也真有味。日内瓦像上海，只湖中大喷水，高二百余英尺，还有卢梭岛及他出生的老屋，现在已开了古董铺的，可以看看。

## 田老师讲：

中国的读书人向来信奉"读万卷书不如行万里路"，朱自清身体力行地践行了这句话。他在英国游学一年期间，游历了欧洲五国，其中就包括瑞士。

朱自清出生于江南水乡，他的魂在桨声灯影的秦淮河畔。那么，来到终年积雪的阿尔卑斯山脉，他看到了什么，想到了什么呢？他一早就听说了当地有些好风景，谁知，"到了那里，才知无处不是好风景，而且除了好风景似乎就没有什么别的"。作者一路登山游湖，一路欣赏好风光，从琉森，到瑞吉山，再到少女峰、施皮茨镇，每一处的独特风光，都留在了朱自清的笔下。

游山逛水除了需要发现美的眼睛，似乎更需要一种清明的心境。躲开尘世的喧嚣，淡泊人间的功利，一个人静静地在山水自然间信步沉吟，便可能能超越种种局限，谛听到天籁地籁之音，吸收那山川灵秀之气。朱自清的这篇《瑞士》，没有运用华丽的辞藻，而是返璞归真，用极淡的笔墨，勾勒出瑞士的山山水水，让人心向往之。

## 拓展阅读

## 瑞士特色风光

### 少女峰 ▲

少女峰（Jungfrau）是阿尔卑斯山脉的璀璨明珠，海拔高达4158米，被誉为"欧洲之巅"。这座山峰常年被冰雪覆盖，山顶云雾缭绕，宛如仙境。登顶少女峰，可乘坐独特的齿轨火车，沿途可以欣赏到阿尔卑斯山区的绝美风光。少女峰不仅是瑞士的标志性景点，也是全球登山爱好者和摄影爱好者的朝圣之地。

# 荷兰

1932 年 11 月 17 日作

一个在欧洲没住过夏天的中国人，在初夏的时候，上北国的荷兰去，他简直觉得是新秋的样子。淡淡的天色，寂寂的田野，火车走着，像没人理会一般。天尽头处偶尔看见一架半架风车，动也不动的，像向天揸开的铁手。在瑞士走，有时也是这样一劲儿的静；可是这儿的肃静，瑞士却没有。瑞士大半是山道，窄狭的，弯曲的，这儿是一片广原，气象自然不同。火车渐渐走近城市，一溜房子看见了。红的黄的颜色，在那灰灰的背景上，越显得鲜明照眼。那尖屋顶原是三角形的底子，但左右两边近底处各折了一折，便多出两个角来；机伶里透着老实，像个小胖子，又像个小老头儿。

**知识速递：**

揸 (zhā) 开：用手指抓东西，或者把手指伸张开。

荷兰人有名地会盖房子。近代谈建筑，数一数二是荷兰人。快到罗特丹（Rotterdam）的时候，有一家工厂，房屋是新样子。房子分两截，近处一截是一道内曲线，两大排玻璃窗子反射着强弱不同的光。接连着的一截是比较平正些的八层楼，窗子也是横排的。"楼梯间"满用玻璃，外面既好看，上楼又明亮好走，比旧式阴森森的楼梯间，只在墙上开着小窗户的自然好多了。整排不断的横窗户也是现代建筑的特色；靠着钢骨水泥，才能这样办。

这家工厂的横窗户有两个式样，窗宽墙窄是一式，墙宽窗窄又是一式。有人说这种墙和窗子像面包夹火腿；但哪是面包哪是火腿却弄不明白。又有人说这种房子仿佛满支在玻璃上，老教人疑心要倒塌似的。可是我只觉得一条条连接不断的横线都有大气力，足以支撑这座大屋子而有余，而且一眼看下去，痛快极了。

海牙和平宫左近，也有不少新式房子，以铺面为多，与工厂又不同。颜色要鲜明些，装饰风也要重些，大致是清秀玲珑的调子。最精致的要数那一座"大厦"，是分租给人家住的。是不规则的几何形。约莫居中是高耸的通明的楼梯间，界划着黑钢的小方格子。一边是长条子，像伸着的一只胳膊；一边是方方的。每层楼都有栏干，长的那边用蓝色，方的那边用白色，衬着淡黄的窗子。

人家说荷兰的新房子就像一只轮船，真不错。这些栏干正是轮船上的玩意儿。那梯子间就是烟囱了。大厦前还有一个狭长的池子，浅浅的，尽头处一座雕像。池旁种了些花草，散放着一两张椅子。屋子后面没有栏干，可是水泥墙上简单的几何形的界划，看了也非常爽目。那一带地方很宽阔，又清静，过午时大厦满在太阳光里，左近一些碧绿的树掩映着，教人舍不得走。

亚姆斯特丹（Amsterdam）的新式房子更多。皇宫附近的电报局，样子打得巧，斜对面那家电气公司却一味地简朴；两两相形起来，倒有点意思。别的似乎都赶不上这两所好看。但"新开区"还有整大片的新式建筑,没有得去看,不知如何。

> **知识速递:**
>
> 左近:邻近,附近。
>
> 界划:划分。
>
> 相形:相互比较,对照。

荷兰人又有名地会画画。十七世纪的时候,荷兰脱离了西班牙的羁绊,渐渐地兴盛,小康的人家多起来了。他们衣食既足,自然想着些风雅的玩意儿。那些大幅的神话画宗教画,本来专供装饰宫殿小教堂之用。他们是新国,用不着这些。他们只要小幅头画着本地风光的。人像也好,风俗也好,景物也好,只要"荷兰的"就行。在这些画里,他们亲亲切切地看见自己。

要求既多,供给当然跟着。那时画是上市的,和皮鞋与蔬菜一样,价钱也差不多。就中风俗画(Genre picture)最流行。直到现在,一提起荷兰画家,人总容易想起这种画。这种画的取材是极平凡的日常生活;而且限于室内,采的光往往是灰暗的。这种材料的生命在亲切有味或滑稽可喜。一个卖野味的铺子可以成功一幅画,一顿饭也可能成功一幅画。有些滑稽太过,便近乎低级趣味。

譬如海牙毛利丘司(Mauritshuis)画院所藏的莫兰那(Molenaer)

画的《五觉图》。《嗅觉》一幅，画一妇人捧着小孩，他正在拉矢。《触觉》一幅更奇，画一妇人坐着，一男人探手入她的衣底；妇人便举起一只鞋，要向他的头上打下去。这画院里的名画却真多。陀的《年轻的管家妇》，琐琐屑屑地画出来，没有一些地方不熨贴。鲍特（Potter）的《牛》工极了，身上一个蝇子都没有放过，但是活极了，那牛简直要从墙上缓缓地走下来；布局也单纯得好。卫米尔（Vermeer）画他本乡代夫脱（Delft）的风景一幅，充分表现那静肃的味道。他是小风景画家，以善分光影和精于布局著名。风景画取材杂，要安排得停当是不容易的。

荷兰画像，哈司（Hals）是大师。但他的好东西都在他故乡哈来姆（Haorlem），别处见不着。亚姆斯特丹的力克士博物院（Ryks Museum）中有他一幅《俳优》，是一个弹着琵琶的人，神气颇足。这些都是十七世纪的画家。

**知识速递：**

风雅：风雅一词源自《诗经》。《诗经》分《风》《雅》《颂》三类，《风》是周代各地的歌谣；《雅》是周代的正声雅乐，又分《小雅》和《大雅》，后世常用"风雅"一词作为高贵典雅的指代。

工：此处指精巧、精致。

但是十七世纪荷兰最大的画家是冉伯让（Rembrandt）。他与一般人不同，创造了个性的艺术；将自己的思想感情，自己这个人放进他画

043

里去。他画画不再伺候人，即使画人像，画宗教题目，也还分明地见出自己。十九世纪艺术的浪漫运动只承认表现艺术家的个性的作品有价值，便是他的影响。

他领略到精神生活里神秘的地方，又有深厚的情感。最爱用一片黑做背景；但那黑是活的不是死的。黑里渐渐透出黄黄的光，像压着的火焰一般；在这种光里安排着他的人物。像这样的光影的对照是他的绝技；他的神秘与深厚也便从这里见出。这不仅是浮泛的幻想，也是贴切的观察；在他作品里梦和现实混在一块儿。有人说他从北国的烟云里悟出了画理，那也许是真的。他会看到氤氲的底里去。他的画像最能表现人的心理，也便是这个缘故。

毛利丘司里有他的名作《解剖班》《西面在圣殿中》。前一幅写出那站着在说话的大夫从容不迫的样子。一群学生围着解剖台，有些坐着，有些站着；毛着腰的，侧着身子的，直挺挺站着的，应有尽有。他们的头，或俯或仰，或偏或正，没有两个人相同。他们的眼看着尸体，看着说话的大夫，或无所属，但都在凝神听话。写那种专心致志的光景，惟妙惟肖。后一幅写殿宇的庄严，和参加的人的圣洁与和蔼，一种虔敬的空气弥漫在画面上，教人看了会沉静下去。

他的另一杰作《夜巡》在力克士博物院里。这里一大群武士，都拿了兵器在守望着敌人。一位爵爷站在前排正中间，向着旁边的弁兵有所吩咐；别的人有的在眺望，有的在指点，有的在低低地谈论，右端一个打鼓的，人和鼓都只露了一半；他似乎焦急着，只想将槌子敲下去。左端一个人也在忙忙地伸着右手整理他的枪口。他的左胳膊底下钻出一个孩子，露着惊惶的脸。人物的安排，交互地用疏密与明暗；乍看不匀称，细看再匀称没有。这幅画里光的运用最巧妙；那些浓淡浑析的地方，便是全画的精神所在。

冉伯让是雷登（Leyden）人，晚年住在亚姆斯特丹。他的房子还在，里面陈列着他的腐刻画与钢笔毛笔画。腐刻画是用药水在铜上刻出画来，他是大匠手；钢笔画毛笔画他也擅长。这里还有他的一座铜像，在用他的名字的广场上。

> **知识速递：**
>
> 氤氲：指湿热飘荡的云气，烟云弥漫的样子。也有"充满"的意思。形容烟或云气浓郁。
>
> 弁(biàn)兵：低级军官和士兵。
>
> 腐刻画：又称铜版画，也称蚀刻版画，版画的一种，指在金属版上用腐蚀液腐蚀或直接用针或刀刻制而成的一种版画。因较常用的金属版是铜版，故称铜版画。

海牙是荷兰的京城，地方不大，可是清静。走在街上，在淡淡的太阳光里，觉得什么都可以忘记了的样子。城北尤其如此。新的和平宫就在这儿，这所屋是一个人捐了做国际法庭用的。屋不多，里面装饰得很好看。引导人如数家珍地指点着，告诉游客这些装饰品都是世界各国捐赠的。

楼上正中一间大会议厅，他们称为日本厅；因为三面墙上都挂着日本的大幅的缂丝，而这几幅东西是日本用了多少多少人在不多的日子里特地赶做出来给这所和平宫用的。这几幅都是花鸟，颜色鲜明，织得也细致；那日本特有的清丽的画风整个儿表现着。中国送的两对景泰蓝的大壶（古礼器的壶）也安放在这间厅里。厅中间是会议席，每一张椅子背上有一个缎套子，绣着一国的国旗；那国的代表开会时便坐在这里。屋左屋后是花园；亭子，喷水，雕像，花木等等，错综地点缀着，明丽深曲兼而有之。也不十二分大，却老像走不尽的样子。

从和平宫向北去，电车在稀疏的树林子里走。满车中绿荫荫的，斑驳的太阳光在车上在地下跳跃着过去。不多一会儿就到海边了。海边热闹得很，玩儿的人来往不绝。长长的一带沙滩上，满放着些藤篓——实在是些轿式的藤椅子，预备洗完澡坐着晒太阳的。这种藤篓子的顶像一个瓢，又圆又胖，那拙劲儿真好。更衣的小木屋也多。大约天气还冷，沙滩上只看见零零落落的几个人。那北海的海水白白的展开去，没有一点风涛，像个顶听话的孩子。

亚姆斯特丹在海牙东北，是荷兰第一个大城。自然不及海牙清静。可是河道多，差不多有一道街就有一道河，是北国的水乡；所以有"北方威尼斯"之称。桥也有三百四十五座，和威尼斯简直差不多。河道宽阔干净，却比威尼斯好；站在桥上顺着河望过去，往往水木明瑟，引着你一直想见最远最远的地方。

亚姆斯特丹东北有一个小岛，叫马铿（Marken）岛，是个小村子。那边的风俗服装古里古怪的，你一脚踏上岸就会觉得回到中世纪去了。乘电车去，一路经过两三个村子。那是个阴天。漠漠的风烟，红黄相间的板屋，正在旋转着让船过去的桥，都教人耳目一新。到了一处，在街当中下了车，由人指点着找着了小汽轮。海上坦荡荡的，远处一架大风车在慢慢地转着。船在斜风细雨里走，渐渐从朦胧里看见马铿岛。

这个岛真正"不满眼",一道堤低低的环绕着。据说岛只高出海面几尺,就仗着这一点儿堤挡住了那茫茫的海水。岛上不过二三十份人家,都是尖顶的板屋;下面一律搭着架子,因为隔水太近了。板屋是红黄黑三色相间着,每所都如此。岛上男人未多见,也许打渔去了;女人穿着红黄白蓝黑各色相间的衣裳,和他们的屋子相配。总而言之,一到了岛上,虽在黯淡的北海上,眼前却亮起来了。

　　岛上各家都预备着许多纪念品,争着将游客让进去;也有装了一大柳条筐,一手抱着孩子,一手挽着筐子在路上兜售的。自然做这些事的都是些女人。纪念品里有些玩意儿不坏:如小木鞋,像我们的毛窝的样子;如长的竹烟袋儿,烟袋锅的脖子上挂着一双顶小的木鞋,的里瓜拉的;如手绢儿,一角上绒绣着岛上的女人,一架大风车在她们头上。

　　回来另是一条路,电车经过另一个小村子叫伊丹(Edam)。这儿的干酪四远驰名,但那一座挨着一座跨在一条小河上的高架吊桥更有味。望过去足有二三十座,架子像城门圈一般;走上去便微微摇晃着。河直而窄,两岸不多几层房屋,路上也少有人,所以仿佛只有那一串儿的桥轻轻地在风里摆着。这时候真有些觉得是回到中世纪去了。

### 田老师讲:

　　提到荷兰,大多数人想到的是郁金香和大风车,那么,如果亲历荷兰,它将是什么样子呢?朱自清记下了他的体会。火车行驶在平原上,他感受到了荷兰的四季与中国四季的不同,那里的夏天宛如秦淮河的初秋,凉爽、宁静和平阔。凉爽是和中国的夏天比较出来的；宁静源于地势平阔，和瑞士多山道的宁静不同。

火车渐近城市时，建筑就进入眼帘，色彩、造型都别具一格。荷兰的建筑让朱自清有些心动，满玻璃的大窗户，一眼看下去，痛快极了。作者耐心地描写了罗特丹（今译鹿特丹）附近的工厂有整排不断的横窗户、海牙和平宫左近的铺面造型、用色和装饰很现代，亚姆斯特丹（今译阿姆斯特丹）皇宫附近的电报局的巧和电气公司的简朴形成了对比。这些新房子给了作者最先的视觉冲击：当时的中国还处于新旧交替时期，国家的工业化、现代化是知识分子的迫切愿望。你看，那间工厂给作者的感觉是明亮的，一条条连接不断的横线都有大气力；而新式房子都像一只轮船：都蕴有和中国不一样的现代气质。

接下来，作者去了美术院，欣赏当地的艺术作品，这是他欧洲行五个国家绝不能落下的一站。在海牙的毛利丘司画院（今译莫瑞泰斯皇家美术馆）和亚姆斯特丹的力克士博物院（今荷兰国立博物馆），他细细品味了风俗画和冉伯让的画。荷兰画注重"看见自己"：风俗画描绘了荷兰普通人极平凡的日常生活，或亲切有味，或滑稽可喜；冉伯让的画将自己这个人、自己的思想感情融入进去，创造了个性的艺术，影响了十九世纪艺术的浪漫运动。远行前，朱自清看到的只是我国传统的工笔画、山水画，跟欧洲的画风完全不同，想必这些画带给他一些震撼与联想。

接着他又介绍了海牙和亚姆斯特丹这座两个城市，一经他的"工笔"描刻，那房子、那画、那风俗就像活物一样出现在我们眼前，非凡的艺术品鉴力和出色的文字表现力相辅相成。

荷兰特色风光　　拓展阅读

## 海牙和平宫

和平宫是荷兰的著名建筑，位于海牙市郊，是联合国国际法院、国际法图书馆和国际法学院所在地。这座宫殿之所以被命名为和平宫，是为了表达它对解决争端和维持世界和平的重要性。1946年，国际法庭第一次开庭。这个法庭也作为联合国的司法机构，解决其成员国之间的争端，同时也是战争罪行的审判地点。和平宫还有藏书极为丰富的和平宫图书馆。

# 柏林

1932 年 12 月 22 日作，费时四日
原载于 1933 年 2 月 1 日《中学生》第 32 号

　　柏林的街道宽大，干净，伦敦巴黎都赶不上的；又因为不景气，来往的车辆也显得稀些。在这儿走路，尽可以从容自在地呼吸空气，不用张张望望躲躲闪闪。找路也顶容易，因为街道大概是纵横交切，少有"旁逸斜出"的。

　　最大最阔的一条叫菩提树下，柏林大学，国家图书馆，新国家画院，国家歌剧院都在这条街上。东头接着博物院洲，大教堂，故宫；西边到

著名的勃朗登堡门为止，长不到二里。过了那座门便是梯尔园，街道还是直伸下去——这一下可长了，三十七八里。勃朗登堡门和巴黎凯旋门一样，也是纪功的。建筑在十八世纪末年，有点仿雅典奈昔克里司门的式样。高六十六英尺，宽六十八码半；两边各有六根多力克式石柱子。顶上是站在驷马车里的胜利神像，雄伟庄严，表现出德意志国都的神采。那神像在一八零七年被拿破仑当作胜利品带走，但七年后便又让德国的队伍带回来了。

**知识速递：**

旁逸斜出：该成语的原意是指树枝从树干旁边伸出，也可以用来比喻突出的事物斜插进去。"逸"在这里有超越或者超出之意，"斜"则表示偏离或者倾斜。

纪功：记述功勋的意思。

驷马：指显贵者所乘的驾四匹马的高车，表示地位显赫。

拿破仑（1769—1821年）：著名的军事家、政治家，法兰西第一帝国皇帝。

从菩提树下西去，一出这座门，立刻神气清爽，眼前别有天地；那空阔，那望不到头的绿树，便是梯尔园。这是柏林最大的公园，东西六里，南北约二里。地势天然生得好，加上树种得非常巧妙，小湖小溪，或隐或显，也安排的是地方。大道像轮子的辐，凑向轴心去。道旁齐齐地排着葱郁的高树；树下有时候排着些白石雕像，在深绿的背景上越显得洁白。小道像树叶上的脉络，不知有多少。跟着道走，总有好地方，不辜负你。

园子里花坛也不少。罗森花坛是出名的一个，玫瑰最好。一座天然的围墙，圆圆地绕着，上面密密地厚厚地长着绿的小圆叶子；墙顶参差不齐。坛中有两个小方池，满飘着雪白的木莲花，玲珑地托在叶子上，像惺忪的星眼。两池之间是一个皇后的雕像；四周的花香花色好像她的供养。梯尔园人工胜于天然。真正的天然却又是一番境界。曾走过市外"新西区"的一座林子。稀疏的树，高而瘦的干子，树下随意弯曲的路，简直教人想到倪云林的画本。看着没有多大，但走了两点钟，却还没走完。

柏林市内市外常看见运动员风的男人女人。女人大概都光着脚亮着胳膊，雄赳赳地走着，可是并不和男人一样。她们不像巴黎女人的苗条，也不像伦敦女人的拘谨，却是自然得好。有人说她们太粗，可是有股劲儿。司勃来河横贯柏林市，河上有不少划船的人。往往一男一女对坐着，男的只穿着游泳衣，也许赤着膊只穿短裤子。看的人绝不奇怪而且有喝彩的。曾亲见一个女大学生指着这样划着船的人说，"美啊！"赞美身体，赞美运动，已成了他们的道德。

星期六星期日上水边野外看去，男男女女老老少少谁都带一点运动员风。再进一步，便是所谓"自然运动"。大家索性不要那捞什子衣服，那才真是自然生活了。这有一定地方，当然不会随处见着。但书籍杂志是容易买到的。也有这种电影。那些人运动的姿势很好看，很柔软，有点儿像太极拳。在长天大海的背景上来这一套，确是美的，和谐的。日前报上说德国当局要取缔他们，看来未免有些个多事。

**知识速递：**

**倪云林（1301—1374年）**：即倪瓒，号云林子、幻霞子等，元末明初的画家、诗人。他善于运用干笔皴擦和淡墨渲染的手法，营造出一种空灵、幽远的意境。他的画作往往构图简洁，笔墨精炼，却能传达出深远的意境和丰富的情感。

**雄赳赳**：英勇、无所畏惧的气质与状态。比喻人的气势很强大。

**捞什子**：使人讨厌或鄙夷的东西。

**取缔**：明令取消、关闭，禁止，多用于书面语。行政机关依法令所行管理监督的行为。

柏林重要的博物院集中在司勃来河中一个小洲上。这就叫做博物院洲。虽然叫做洲，因为周围陆地太多，河道几乎挤得没有了，加上十六道桥，走上去毫不觉得身在洲中。洲上总共七个博物院，六个是通连着的。最奇伟的是勃嘉蒙（Pergamon）与近东古迹两个。

勃嘉蒙在小亚细亚，是希腊的重要城市，就是现在的贝加玛。柏林博物院团在那儿发掘，掘出一座大享殿，是祭大神宙斯用的。这座殿是二千二百年前造的，规模宏壮，雕刻精美。掘出的时候已经残破；经学者苦心研究，知道原来是什么样子，便照着修补起来，安放在一间特建的大屋子里。屋子之大，让人要怎么看这座殿都成。屋顶满是玻璃，让光从上面来，最均匀不过；墙是淡蓝色，衬出这座白石的殿越发有神儿。殿是方锁形，周围都是爱翁匿克式石柱，像是个廊子。当锁口的地方，是若干层的台阶儿。两头也有几层，上面各有殿基；殿基上，柱子下，便是那著名的"壁雕"。

壁雕（Frieze）是希腊建筑里特别的装饰；在狭长的石条子上半深浅地雕刻着些故事，嵌在墙壁中间。这种壁雕颇有名作。如现存在不列颠博物院里的雅典巴昔农神殿的壁雕便是。这里的是一百三十二码长，有一部分已经移到殿对面的墙上去。所刻的故事是奥灵匹亚诸神与地之诸子巨人们的战争。其中人物精力饱满，历劫如生。

另一间大屋里安放着罗马建筑的残迹。一是大三座门，上下两层，上层全为装饰用。两层各用六对哥林斯式的石柱，与门相间着，隔出略带曲折的廊子。上层三座门是实的，里面各安着一尊雕像，全体整齐秀美之至。一是小神殿。两样都在第二世纪的时候。

**知识速递：**

洲：河流中由泥沙淤积而成的陆地。

爱翁匿克式石柱：即爱奥尼柱式（Ionic Order），希腊古典建筑的三种柱式之一（另外两种是多立克柱式和科林斯柱式），特点是纤细秀美，又被称为女性柱。

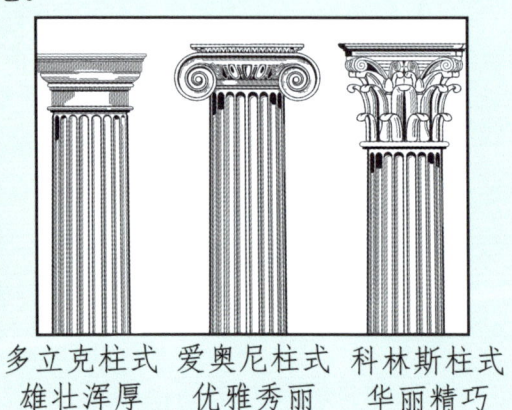

多立克柱式　爱奥尼柱式　科林斯柱式
雄壮浑厚　　优雅秀丽　　华丽精巧

锁口：工程用语。如压型钢板安装好，堵头、封边，然后就要"锁口"，即将钢板四边锚固好。

壁雕：柱顶过梁和挑檐间的雕带，墙顶的饰带。

雅典帕特农神殿的壁雕

近东古迹院里的东西是十九世纪末二十世纪初年德国东方学会在巴比仑和亚述发掘出来的。中间巴比仑的以色他门（Ischtar Gate way）最为壮丽。门建筑在二千五百年前奈补卡德乃沙王第二的手里。门圈儿高三十九英尺，城垛儿四十九英尺，全用蓝色珐琅砖砌成。墙上浮雕着一对对的龙（与中国所谓龙不同）和牛，黄的白的相间着；上下两端和边上也是这两色的花纹。龙是巴比仑城隍马得的圣物，牛是大神亚达的圣物。这些动物的像稀疏地排列着，一面墙上只有两行，犄角上只有一行；形状也单纯划一。色彩在那蓝的地子上，却非常之鲜明。看上去真像大幅缂丝的图案似的。

还有巴比仑王宫里正殿的面墙，是与以色他门同时做的，颜色鲜丽也一样，只不过以植物图案为主罢了。马得祭道两旁屈折的墙基也用蓝珐琅砖；上面却雕着向前走的狮子。这个祭道直通以色他门，现在也修补好了一小段，仍旧安在以色他门前面。另有一件模型，是整个儿的巴比仑城。这也可以慰情聊胜无了。亚述巴先宫的面墙放在以色他门的对面，当然也是修补起来的：周围正正的拱门，一层层又细又密的柱子，在许多直线里透出秀气。

055

**知识速递：**

亚述帝国（前935—前612年）：兴起于美索不达米亚的国家。亚述人在两河流域古代历史上频繁活动的时间前后约有两千年。后来亚述人失去了霸主地位，不再有独立的国家。

奈补卡德乃沙王第二（前635—前562年）：今译尼布甲尼撒二世，新巴比伦王国第二任君主，在位时期是新巴比伦繁荣鼎盛的时代，公元前575年修建了伊什塔尔大门并给表面装饰彩色琉璃砖。

新博物院第一层中央是一座厅。两道宽阔而华丽的楼梯仿佛占住了那间大屋子，但那间屋子还是照样地觉得大不可言。屋里什么都高大；迎着楼梯两座复制的大雕像，两边墙上大幅的历史壁画，一进门就让人觉得万千的气象。德意志人的魄力，真有他们的。

楼上本是雕版陈列室，今年改作哥德展览会。有哥德和他朋友们的像，他的画，他的书的插图等等。《浮士德》的插图最多，同一件事各人画来趣味各别。楼下是埃及古物陈列室，大大小小的"木乃伊"都有；小孩的也有。有些在头部放着一块板，板上画着死者的面相；这是用熔蜡画的，画法已失传。这似乎是古人一件聪明的安排，让千秋万岁后，还能辨认他们的面影。

另有人种学博物院在别一条街上，分两院。所藏既丰富，又多罕见的。第一院吐鲁番的壁画最多。那些完好的真是妙庄严相；那些零碎的也古色古香。中国日本的东西不少，陈列得有系统极了，中日人自己动手，怕也不过如此。第二院藏的日本的漆器与画很好。史前的材料都收在这院里。有三间屋专陈列 1871 到 1890 希利曼（Heinrich Schlieman）发掘特罗衣（Troy）城所得的遗物。

**知识速递：**

哥德（1749—1832 年）：全名约翰·沃尔夫冈·冯·歌德，是德国历史上一位杰出的思想家、作家和科学家，他的生平、作品和思想对世界文学和科学领域产生了深远的影响。《浮士德》是歌德的代表作，是他毕生思想和艺术探索的结晶。

歌德

希利曼（1822—1890 年）：即海因里希·施里曼，德国考古学家，特洛伊、迈锡尼和梯林的挖掘者。

特罗衣城：即特洛伊城，公元前 16 世纪前后由古希腊人所建，位于小亚细亚半岛西端赫勒斯滂海峡东南。公元前 1184 年，特洛伊城发生过著名的特洛伊战争，沦陷成为古希腊殖民城市。

施里曼

故宫在博物院洲之北，1921年改为博物院，分历史的工艺的两部分。

历史的部分都是王族用过的公私屋子。这些屋子每间一个样子；屋顶，墙壁，地板，颜色，陈设，各有各的格调。但辉煌精致，是异曲同工的。有一间屋顶作穹隆形状，蓝地金星，俨然夜天的光景。又一间张着一大块伞形的绸子，像在遮着太阳。又一间用了"古络钱"纹做全室的装饰。壁上或画画，或挂画。地板用细木头嵌成种种花样，光滑无比。外国的宫殿外观常不如中国的宏丽，但里边装饰的精美，我们却断乎不及。

故宫西头是皇储旧邸。一九一九年因为国家画院的画拥挤不堪，便将近代的作品挪到这儿，陈列在前边的屋子里。大部分是印象派表现派，也有立体派。表现派是德国自己的画派。原始的精神，狂热的色调，粗野模糊的构图，你像在大野里大风里大火里。有一件立体派的雕刻，是三个人像。虽然多是些三角形，直线，可是一个有一个的神气，彼此还互相照应，像真会说话一般。表现派的精神现在还多多少少存在。

柏林魏坦公司六月间有所谓"民众艺术展览会"，出售小件用具和玩物。玩物里如小动物孩子头之类，颇有些奇形怪状，别具风趣的。还有展览场六月间的展览里，有一部是剪贴画。用颜色纸或布拼凑成形，安排在一块地子上，一面加上些沙子等，教人有实体之感，一面却故意改变形体的比例与线条的曲直，力避写实的手法。有些现代人大约"是"要看了这种手艺才痛快的。

这一回展览里有好些小家屋的模型，有大有小。大概造起来省钱；屋子里空气，光，太阳都够现代人用。没有那些无用的装饰，只看见横竖的直线。用颜色，或用对照的颜色，教人看一所屋子是"整个儿"，不零碎，不琐屑。小家屋如此，"大厦"也如此。德国的建筑与荷兰不同。他们注重实用，以简单为美，有时候未免太朴素些。

近年来柏林这种新房子造得不少。这已不是少数艺术家的试验而是一般人的需要了。"新西区"一带便都是的。那一带住屋小而巧，里面的装饰干净利落，不显一点板滞。"大厦"多在东头亚历山大场，似乎美观的少。有些满用横线，像夹沙糕，有些满用直线，这自然说的是窗子。用直线的据说是美国影响。但美国房屋高入云霄，用直线合式；柏林的低多了，又向横里伸张，用直线便大大地不谐和了。

"大厦"之外还有"广场"，刚才说的展览场便是其一。这个广场有八座大展览厅，连附属的屋子共占地十八万二千平方英尺；空场子合计起来共占地六十五万平方英尺。乍走进去的时候，摸不着头脑，仿佛连自己也会丢掉似的。建筑都是新式。整个的场子若在空中看，是一幅图案，轻灵而不板重。德意志体育场，中央飞机场，也都是这一类新造的广场。前两个在西，后一个在南，自然都在市外。

此外电影院跳舞场往往得风气之先，也有些新式样。如铁他尼亚宫电影院，那台，那灯，那花楼，不是用圆，用弧线，便是用与弧线相近的曲线，要的也是一个干净利落罢了。台上一圈儿一圈儿有些像排箫的是管风琴。管风琴安排起来最累赘，这儿的布置却新鲜悦目，也许电影管风琴简单些，才可以这么办。颜色用白银与淡黄对照，教人常常清醒。

祖国舞场也是新式，但多用直线形；颜色似乎多一种黑。这里面有许多咖啡室。日本室便按日本式陈设，土耳其室便按土耳其式。还有莱茵室，在壁上画着莱茵河的风景，用好些小电灯点缀在天蓝的背景上，看去略得河上的夜的意思——自然，屋里别处是不用灯的。还有雷电室，壁上画着雷电的情景，用电光运转；电射雷鸣，与音乐应和着。爱热闹的人都上那儿去。

柏林西南有个波次丹（Potsdam），是佛来德列大帝的城。城外有个无愁园,园里有个无愁宫,便是大帝常住的地方。大帝迷法国,这座宫,这座园子都仿凡尔赛的样子。但规模小多了,神儿差远了。大帝和伏尔泰是好朋友,他请伏尔泰在宫里住过好些日子,那间屋便在宫西头。宫西边有一架大风车。据说大帝不喜欢那风车日夜转动的声音,派人跟那产主说要买它。出乎意外,产主楞不肯。大帝恼了,又派人去说,不卖便要拆。产主也恼了,说,他会拆,我会告他。大帝想不到乡下人这么倔强,大加赏识,那风车只好由它响了。因此现在便叫它做"历史的风车"。隔无愁宫没多少路,有一座新宫,里面有一间"贝厅",墙上地上满嵌着美丽的贝壳和宝石,虽然奇诡,却以素雅胜。

**知识速递:**

佛来德列大帝(1712—1786年):即腓特烈二世,又译作弗里德里希二世,后世尊称其为腓特烈大帝,是霍亨索伦王朝的第三位普鲁士国王,军事家、政治家、作家和作曲家。

伏尔泰(1694—1778年):本名弗朗索瓦-马利·阿鲁埃,笔名伏尔泰,18世纪法国启蒙思想家、文学家、哲学家。伏尔泰主张开明的君主政治,强调自由和平等。他认为人们本质上是平等的,要求人人享有"自然权利",被誉为"法兰西思想之王""法兰西最优秀的诗人"和"欧洲的良心"。

## 田老师讲：

朱自清的散文，不管何时读起来，都让人感到舒服、自然。这篇《柏林》亦是如此。他通过自己的视角，生动描绘了柏林的城市风光，柏林的街道宽大、笔直、深远。在这里不用张张望望躲躲闪闪，而是可以从容自在地呼吸。寥寥几句话，几个词就让读者感受到了柏林街头巷尾的独特样貌。

朱自清的游记里最主要的是当地著名的风光，有时是山，有时是湖，而《柏林》里则首先写了柏林最大的公园，玫瑰、叶子、池水，"人工胜于天然，真正的天然却又是一番境界"。作者的文字犹如照相机，留下一帧一帧的美丽图片。

除了风景，朱自清最喜欢逛的是博物馆，在本文中，他着重记叙了在博物院洲（今译博物馆岛）上看到了读多博物院及来自世界各地的藏品。他不厌其烦地描述了那些建筑规模宏壮，雕刻精美，柱子、廊子、壁雕、门……让人仿佛身临其境，久久流连。

在描写景物的同时，朱自清不时穿插人物在其中，让那些景物都"活"了起来，伊什塔尔城门由新巴比伦王朝尼布甲尼撒二世建造；无忧园是腓特烈大帝仿照巴黎的凡尔赛宫所建的夏宫，他曾邀他的朋友伏尔泰前来小住。通过朱自清的笔，读者仿佛看到了那些城池宫殿的主人在他们的领地里生活的痕迹。

## 拓展阅读

### 柏林特色风光

#### (1) 梯尔园（蒂尔加藤公园）

蒂尔加滕公园，意为"动物花园"，占地2.6平方公里，是柏林最大的绿地。原为普鲁士统治者的狩猎场，现已成为市民与游客共享的公共空间。公园地理位置优越，紧邻柏林动物园及多处著名景点，如贝尔维尤宫殿、世界文化宫和胜利柱。作为柏林市内的大公园，蒂尔加滕以其茂密的森林、整洁的小径吸引着无数慢跑者、野炊爱好者和休闲游客。每日中午12点和傍晚6点，巨大钟楼的悠扬钟声更是为这里添一份宁静与祥和。

#### (2) 忘忧宫

忘忧宫位于德国首都柏林近郊的波茨坦，是腓特烈大帝仿照巴黎的凡尔赛宫所建的夏宫。忘忧宫大殿是一座黄色的巴洛克式宫殿，在规模及面积上都比一般宫殿小巧许多。宫殿西侧及内部以轻快的洛可可风格装饰。

# 莱茵河

1933 年 3 月 14 日作

原载 1933 年 5 月 1 日《中学生》第 35 号

莱茵河（The Rhine）发源于瑞士阿尔卑斯山中，穿过德国东部，流入北海，长约二千五百里。分上中下三部分。

从马恩斯（Mayence, Mains）到哥龙（Cologne）算是"中莱茵"；游莱茵河的都走这一段儿。天然风景并不异乎寻常地好；古迹可异乎寻常地多。尤其是马恩斯与考勃伦兹（Koblenz）之间，两岸山上布满了旧时的堡垒，高高下下的，错错落落的，斑斑驳驳的：有些已经残破，有些还完好无恙。

这中间住过英雄，住过盗贼，或据险自豪，或纵横驰骤，也曾热闹过一番。现在却无精打采，任凭日晒风吹，一声儿不响。坐在轮船上两边看，那些古色古香各种各样的堡垒历历的从眼前过去；仿佛自己已经跳出了这个时代而在那些堡垒里过着无拘无束的日子。游这一段儿，火车却不如轮船，朝日不如残阳，晴天不如阴天，阴天不如月夜——月夜，再加上几点儿萤火，一闪一闪的在寻觅荒草里的幽灵似的。最好还得爬上山去，在堡垒内外徘徊徘徊。

这一带不但史迹多，传说也多。最凄艳的自然是脍炙人口的声闻岩头的仙女子。声闻岩在河东岸，高四百三十英尺，一大片暗淡的悬岩，嶙嶙峋峋的；河到岩南，向东拐个小湾，这里有顶大的回声，岩因此得名。

相传往日岩头有个仙女美极，终日歌唱不绝。一个船夫傍晚行船，走过岩下。听见她的歌声，仰头一看，不觉忘其所以，连船带人都撞碎在岩上。后来又死了一位伯爵的儿子。这可闯下大祸来了。伯爵派兵遣将，给儿子报仇。他们打算捉住她，锁起来，从岩顶直摔下河里去。但是她不愿死在他们手里，她呼唤莱茵母亲来接她；河里果然白浪翻腾，她便跳到浪里。从此声闻岩下，听不见歌声，看不见倩影，只剩晚霞在岩头明灭。德国大诗人海涅有诗咏此事；此事传播之广，这篇诗也有关系的。友人淦克超先生曾译第一章云：

> 传闻旧低徊，我心何悒悒。
> 两峰隐夕阳，莱茵流不息。
> 峰际一美人，粲然金发明，

清歌时一曲，余音响入云。
凝听复凝望，舟子忘所向，
怪石耿中流，人与舟俱丧。

这座岩现在是已穿了隧道通火车了。

**知识速递：**

驰骤：为在某个领域纵横自如，悉心研讨，而有所建树。

海涅（1797—1856年）：德国抒情诗人和散文家，被称为"德国古典文学的最后一位代表"。《罗蕾莱》这首叙事诗作于1823年，是海涅最优美、最著名的诗作之一。

哥龙在莱茵河西岸，是莱茵区最大的城，在全德国数第三。从甲板上看教堂的钟楼与尖塔这儿那儿都是的。虽然多么繁华一座商业城，却不大有俗尘扑到脸上。英国诗人柯勒列治说：

人知莱茵河，洗净哥龙市；水仙你告我，今有何神力，洗净莱茵水？

那些楼与塔镇压着尘土，不让飞扬起来，与莱茵河的洗刷是异曲同工的。哥龙的大教堂是哥龙的荣耀；单凭这个，哥龙便不死了。这是戈昔式，是世界上最宏大的戈昔式教堂之一。建筑在一二四八年，到一八八零年才全部落成。欧洲教堂往往如此，大约总是钱不够之故。

教堂门墙伟丽，尖拱和直棱，特意繁密，又雕了些小花，小动物，和《圣经》人物，零星点缀着；近前细看，其精工真令人惊叹。门墙上两尖塔，高五百十五英尺，直入云霄。戈昔式要的是高而灵巧，让灵魂容易上通于天。这也是月光里看好。淡蓝的天干干净净的，只有两条尖尖的影子映在上面；像是人天仅有的通路，又像是人类祈祷的一双胳膊。森严肃穆，不说一字，抵得千言万语。教堂里非常宽大，顶高一百六十英尺。大石柱一行行的，高的一百四十八英尺，低的也六十英尺，都可合抱；在里面走，就像在大森林里，和世界隔绝。尖塔可以上去，玲珑剔透，有凌云之势。塔下通回廊。廊中向下看教堂里，觉得别人小得可怜，自己高得可怪，真是颠倒梦想。

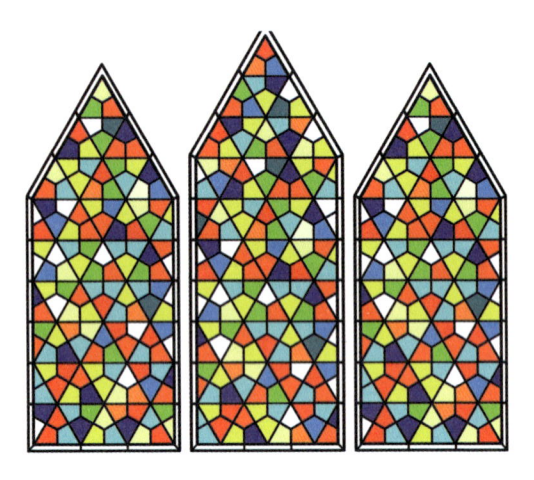

**知识速递：**

柯勒列治（1772—1834年）：今译塞缪尔·泰勒·柯勒律治，英国诗人、文评家，英国浪漫主义文学的奠基人之一。

《圣经》：犹太教与基督教的共同经典。它是世界上发行量最大，发行时间最长，翻译成的语言最多，流行最广而读者面最大，影响最深远的一部书，并已被列入《吉尼斯世界纪录大全》。

### 田老师讲：

作家的眼睛总是独到的，眼中有物，方能言之有物。他在莱茵河一次走马观花式的游览，便留下了脍炙人口的名作，让人对莱茵河畔产生了无穷的想象。其采撷素材、运用语言的能力可见一斑。

他描写"中莱茵"两岸山上旧时堡垒时，用"高高下下""错错落落""斑斑驳驳"总括了旧堡垒严整密集的布局，句式整饬，极富音乐感。还有两处联想："那些古色古香各种各样的堡垒历历的从眼前过去；仿佛自己已经跳出了这个时代而在那些堡垒里过着无拘无束的日子""火车却不如轮船，朝阳不如残阳，晴天不如阴天，阴天不如月夜——月夜，再加上几点儿萤火，一闪一闪的在寻觅荒草里的幽灵似的"。前者长句中嵌着多处四字词，像是贯在一起的珠玉；后者整散结合，干净利落。

在游记中，史迹和传说总是少不了的，本篇亦然。日夜不休的河水，永不再见的仙女让人在遗憾之余生出叹惋。最后引海涅咏此事的诗作结，前后照应，相得益彰，给人留下深刻印象。

作者之前在《罗马》《瑞士》等作品中写到了很多个教堂，而莱茵河的教堂却又是另一个样子，既有尖拱和直棱上繁密的雕刻，也有门墙上尖塔的高耸入云；既有在下仰视产生的绝高之叹，又有登高俯视产生的渺小之感。特别是月光里尖塔的比喻——像是人天仅有的通路，又像是人类祈祷的一双胳膊，让人感受到来自作者心中庄严肃穆的敬意。

## 拓展阅读

### 1. 莱茵河

莱茵河源自阿尔卑斯山北麓，流经多国至北海，是欧洲重要的国际航运水道，通航里程长，被誉为"欧洲运输动脉"。它连接了瑞士的群山与城市，增添了奥地利的音乐魅力，见证了法国的历史沧桑，推动了德国的文化科技及工业革命，并在荷兰鹿特丹港彰显海洋贸易与全球化历史。莱茵河运费低廉，有助于降低原料价格，是其成为工业生产区域主轴线的主因。现有1/5的世界化工产品是在莱茵河沿岸生产的。

### 2. 莱茵河地区的葡萄酒文化

莱茵河流经多个国家，其中德国的莱茵河谷（Rhine Valley）地区有着充足的日照、适宜的温度和肥沃的土壤，非常适合葡萄的生长。这里出产的葡萄酒品质上乘，享誉全球。

# 巴黎

1933 年 6 月 30 日作，费时半个月
原载于 1933 年 9 月 1 日《中学生》第 37 号

塞纳河穿过巴黎城中，像一道圆弧。河南称为左岸，著名的拉丁区就在这里。河北称为右岸，地方有左岸两个大，巴黎的繁华全在这一带；说巴黎是"花都"，这一溜儿才真的。右岸不是穷学生苦学生所能常去的，所以有一位中国朋友说他是左岸的人，抱"不过河"主义；区区一衣带水，却分开了两般人。但论到艺术，两岸可是各有胜场；我们不妨说整个儿巴黎是一座艺术城。从前人说"六朝"卖菜佣都有烟水气，巴黎人谁身上大概都长着一两根雅骨吧。你瞧公园里，大街上，有的是喷水，有的是雕像，博物院处处是，展览会常常开；他们几乎像呼吸空气一样呼吸着艺术气，自然而然就雅起来了。

**知识速递：**

"六朝"（222—589 年）：一般是指中国历史上三国至南北朝的南方的六个朝代，即孙吴（或称东吴、三国吴）、东晋、南朝宋（或称刘宋）、南朝齐（或称萧齐）、南朝梁（或称萧梁）、南朝陈这六个朝代。

右岸的中心是刚果方场。这方场很宽阔，四通八达，周围都是名胜。中间巍巍地矗立着埃及拉米塞司第二的纪功碑。碑是方锥形，高七十六英尺，上面刻着象形文字。一八三六年移到这里，转眼就是一百年了。左右各有一座铜喷水，大得很。水池边环列着些铜雕像，代表着法国各大城。其中有一座代表司太司堡。自从一八七零年那地方割归德国以后，法国人每年七月十四国庆日总在像上放些花圈和大草叶，终年地搁着让人惊醒。直到一九一八年十一月和约告成，司太司堡重归法国，这才停止。

拉美西斯二世

纪功碑与喷水每星期六晚用弧光灯照耀。那碑像从幽暗中颖脱而出；那水像山上崩腾下来的雪。这场子原是法国革命时候断头台的旧址。在"恐怖时代"，路易十六与王后，还有各党各派的人轮班在这儿低头受戮。但现在一点痕迹也没有了。

**知识速递：**

拉米塞司第二（前1303—前1213年）：即拉美西斯二世，古埃及第十九王朝第三位法老，是杰出的政治家、军事家、文学家、诗人、建筑家，执政时期是埃及新王国最后的强盛年代，被历史学家称为拉美西斯大帝。

路易十六（1754—1793 年）：原名路易·奥古斯特，法兰西波旁王朝第五位国王，在 20 岁时即位，此时法国正面临严重的财政危机和社会不满。1789 年法国大革命爆发，路易十六在 1793 年 1 月被推上断头台，成为法国历史上唯一被执行死刑的国王。

路易十六

场东是砖厂花园。也有一个喷水池；白石雕像成行，与一丛丛绿树掩映着。在这里徘徊，可以一直徘徊下去，四围那些纷纷的车马，简直若有若无。花园是所谓法国式，将花草分成一畦畦的，各各排成精巧的花纹，互相对称着。又整洁，又玲珑，教人看着赏心悦目；可是没有野情，也没有蓬勃之气，像北平的叭儿狗。这里春天游人最多，挤挤挨挨的。有时有音乐会，在绿树荫中。乐韵悠扬，随风飘到场中每一个人的耳朵里。

再东是加罗塞方场，只隔着一道不宽的马路。路易十四时代，这是一个校场。场中有一座小凯旋门，是拿破仑造来纪胜的，仿罗马某一座门的式样。拿破仑叫将从威尼斯圣马克堂抢来的驷马铜像安在门顶上。但到了一八一四年，那铜像终于回了老家。法国只好换上一个新的，光彩自然差得多。

**知识速递：**

畦 (qí)：可供种植排列整齐的一块块长方形田地。

071

刚果方场西是大名鼎鼎的仙街，直达凯旋门。有四里半长。凯旋门地势高，从刚果方场望过去像没多远似的，一走可就知道。街的东半截儿，两旁简直是园子，春天绿叶子密密地遮着；西半截儿才真是街。街道非常宽敞。夹道两行树，笔直笔直地向凯旋门奔凑上去。凯旋门巍峨爽朗地盘踞在街尽头，好像在半天上。欧洲名都街道的形势，怕再没有赶上这儿的；称为"仙街"，不算说大话。街上有戏院，舞场，饭店，够游客们玩儿乐的。

凯旋门一八零六年开工，也是拿破仑造来纪功的。但他并没有看它的完成。门高一百六十英尺，宽一百六十四英尺，进身七十二英尺，是世界凯旋门中最大的。门上雕刻着一七九二至一八一五年间法国战事片段的景子，都出于名手。其中罗特（BurguudianRude，十九世纪）的"出师"一景，慷慨激昂，至今还可以作我们的气。

这座门更有一个特别的地方：在拿破仑周忌那一天，从仙街向上看，团团的落日恰好扣在门圈儿里。门圈儿底下是一个无名兵士的墓；他埋在这里，代表大战中死难的一百五十万法国兵。墓是平的，地上嵌着文字；中央有个纪念火，焰子粗粗的，红红的，在风里摇晃着。这个火每天由参战军人团团员来点。门顶可以上去，乘电梯或爬石梯都成；石梯是二百七十三级。上面看，周围不下十二条林荫路，都辐辏到门下，宛然一个大车轮子。

**知识速递：**

辐辏 (còu)：形容人或物聚集像车辐集中于车毂一样。

刚果方场东北有四道大街衔接着，是巴黎最繁华的地方。大铺子差不多都在这一带，珠宝市也在这儿。各店家陈列窗里五花八门，五光十色，珍奇精巧，兼而有之；管保你走一天两天看不完，也看不倦。步道上人挨挨凑凑，常要躲闪着过去。电灯一亮，更不容易走。街上"咖啡"东一处西一处的，沿街安着座儿，有点儿像北平中山公园里的茶座儿。客人慢慢地喝着咖啡或别的，慢慢地抽烟，看来往的人。

"咖啡"本是法国的玩意儿；巴黎差不多每道街都有，怕是比那儿都多。巴黎人喝咖啡几乎成了癖，就像我国南方人爱上茶馆。"咖啡"里往往备有纸笔，许多人都在那儿写信；还有人让"咖啡"收信，简直当做自己的家。文人画家更爱坐"咖啡"；他们爱的是无拘无束，容易会朋友，高谈阔论。爱写信固然可以写信，爱做诗也可以做诗。大诗人魏尔仑（Verlalne）的诗，据说少有不在"咖啡"里写的。

坐"咖啡"也有派别。一来"咖啡"是熟的好，二来人是熟的好。久而久之，某派人坐某"咖啡"便成了自然之势。这所谓派，当然指文人艺术家而言。一个人独自去坐"咖啡"，偶尔一回，也许不是没有意思，常去却未免寂寞得慌；这也与我国南方人上茶馆一样。若是外国人而又不懂话，那就更可不必去。

巴黎最大的"咖啡"有三个，却都在左岸。这三座"咖啡"名字里都含着"圆圆的"意思，都是文人艺术家荟萃的地方。里面装饰满是新派。其中一家，电灯壁画满是立体派，据说这些画全出于名家之手。另一家据说时常陈列着当代画家的作品，待善价而沽之。

坐"咖啡"之外还有站"咖啡"，却有点像我国南方的喝柜台酒。这种"咖啡"大概小些。柜台长长的，客人围着要吃的喝的。吃喝都便宜些，为的是不用多伺候你，你吃喝也比较不舒服些。站"咖啡"的人脸向里，没有什么看的，大概吃喝完了就走。但也有人用胳膊肘儿斜靠在柜台上，半边身子偏向外，写意地眺望，谈天儿。

巴黎人吃早点，多半在"咖啡"里。普通是一杯咖啡，两三个月芽饼就够了，不像英国人吃得那么多。月芽饼是一种面包，月芽形，酥而软，趁热吃最香；法国人本会烘面包，这一种不但好吃，而且好看。

**知识速递：**

保罗·魏尔伦（1844—1896年）：法国诗人，象征主义派别的早期领导人，象征主义者，尝试把诗歌从传统的题材和形式中脱离出来。

荟萃：本指草木丛生的样子，后喻优秀的人物或精美的东西会集、聚集。

沽：卖，出售。

保罗·魏尔伦

卢森堡花园也在左岸，因卢森堡宫而得名。宫建于十七世纪初年，曾用作监狱，现在是上议院。花园甚大。里面有两座大喷水，背对背紧挨着。其一是梅迭契喷水，雕刻的是亚西司（Acis）与加拉台亚（Galatea）

的故事。巨人波力非摩司（Polyphamos）爱加拉台亚。他晓得她喜欢亚西司，便向他头上扔下一块大石头，将他打死。加拉台亚无法使亚西司复活，只将他变成一道河水。这个故事用在一座喷水上，倒有些远意。

园中绿树成行，浓荫满地，白石雕像极多，也有铜的。巴黎的雕像真如家常便饭。花园南头，自成一局，是一条荫道。最南头，天文台前面又是一座喷水，中央四个力士高高地扛着四限仪，下边环绕着四对奔马，气象雄伟得很。这是卡波（Carpeaus，十九世纪）所作。卡波与罗特同为写实派，所作以形线柔美著。

**知识速递：**

远意：意思是古人的原意。

卡波（1827—1875年）：即让·巴普蒂斯蒂·卡尔波，法国著名雕塑家，他的作品表现出反学院派的倾向，是一位现实主义雕刻家。

卡尔波

罗特（1784—1855年）：即弗朗索瓦·吕德，19世纪法国浪漫主义雕塑家。其代表作即是巴黎凯旋门上的群像浮雕《马赛曲》（也叫《1792年志愿军出征》）。吕德最重要的学生是卡尔波。

吕德

沿着塞纳河南的河墙，一带旧书摊儿，六七里长，也是左岸特有的风光。有点像北平东安市场里旧书摊儿。可是背景太好了。河水终日悠悠地流着，两头一眼望不尽；左边卢佛宫，右边圣母堂，古香古色的。书摊儿黯黯的，低低的，窄窄的一溜；一小格儿一小格儿，或连或断，可没有东安市场里的大。摊上放着些破书；旁边小凳子上坐着掌柜的。到时候将摊儿盖上，锁上小铁锁就走。这些情形也活像东安市场。

铁塔在巴黎西头，塞纳河东岸，高约一千英尺，算是世界上最高的塔。工程艰难浩大，建筑师名爱非尔（Eiffel），也称为爱非尔塔。全塔用铁骨造成，如网状，空处多于实处，轻便灵巧，亭亭直上，颇有戈昔式的余风。

塔基占地十七亩，分三层。头层离地一百八十六英尺，二层三百七十七英尺，三层九百二十四英尺，连顶九百八十四英尺。头二层有"咖啡"，酒馆及小摊儿等。电梯步梯都有，电梯分上下两厢，一厢载直上直下的客人，一厢载在头层停留的客人。最上层却非用电梯不可。那梯口常常拥挤不堪。壁上贴着"小心扒手"的标语，收票人等嘴里还不住地唱道，"小心呀！"这一段儿走得可慢极，大约也是"小心"吧。

最上层只有卖纪念品的摊儿和一些问心机。这种问心机欧洲各游戏场中常见；是些小铁箱，一箱管一事。放一个钱进去，便可得到回答；回答若干条是印好的，指针所停止的地方就是专答你。也有用电话回答的。譬如你要问流年，便向流年箱内投进钱去。这实在是一种开心的玩意儿。这层还专设一信箱；寄的信上盖铁塔形邮戳，好让亲友们留作纪念。

塔上最宜远望，全巴黎都在眼下。但尽是密匝匝的房子，只觉应接不暇而无苍茫之感。塔上满缀着电灯，晚上便是种种广告；在暗夜里这种明妆倒值得一番领略。

隔河是特罗卡代罗（Trocadéro）大厦，有道桥笔直地通着。这所大厦是为一八七八年的博览会造的。中央圆形，圆窗圆顶，两支高高的尖塔分列顶侧；左右翼是新月形的长房。下面许多级台阶，阶下一个大喷水池，也是圆的。大厦前是公园，铁塔下也是的；一片空阔，一片绿。所以大厦远看近看都显出雄巍巍的。大厦的正厅可容五千人。它的大在横里；铁塔的大在直里。一横一直，恰好称得住。

歌剧院在右岸的闹市中。门墙是威尼斯式，已经乌暗暗的，走近前细看，才见出上面精美的雕饰。下层一排七座门，门间都安着些小雕像。其中罗特的《舞群》，最有血有肉，有情有力。罗特是写实派作家，所以如此。但因为太生动了，当时有些人还见不惯；一八六九年这些雕像揭幕的时候，一个宗教狂的人，趁夜里悄悄地向这群像上倒了一瓶墨水。这件事传开了，然而罗特却因此成了一派。

院里的楼梯以宏丽著名。全用大理石，又白，又滑，又宽；栏杆是低低儿的。加上罗马式圆拱门，一对对爱翁匿克式石柱，雕像上的电灯烛，真是堆花簇锦一般。那一片电灯光像海，又像月，照着你缓缓走上梯去。幕间休息的时候，大家都离开座儿各处走。这儿休息的时间特别长，法国人乐意趁这闲工夫在剧院里散散步，谈谈话，来一点吃的喝的。

休息室里散步的人最多。这是一间顶长顶高的大厅，华丽的灯光淡淡地布满了一屋子。一边是成排的落地长窗，一边是几座高大的门；墙上略略有些装饰，地下铺着毯子。屋里空落落的，客人穿梭般来往。太太小姐们大多穿着各色各样的晚服，露着脖子和膀子。"衣香鬓影"，这里才真够味儿。歌剧院是国家的，只演古典的歌剧，间或也演队舞（Ballet），总是堂皇富丽的玩艺儿。

国葬院在左岸。原是巴黎护城神圣也奈韦夫（St.Geneviéve）的教堂；大革命后，一般思想崇拜神圣不如崇拜伟人了，于是改为这个；后来又改回去两次，一八五五年才算定了。伏尔泰，卢梭，雨果，左拉，都葬在这里。

院中很为宽宏，高大的圆拱门，架着些圆顶，都是罗马式。顶上都有装饰的图案和画。中央的穹隆顶高二百七十二英尺，可以上去。院中壁上画着法国与巴黎的历史故事，名笔颇多。沙畹（Puvis de Chavannes，十九世纪）的便不少。其中《圣也奈韦夫俯视着巴黎城》一幅，正是月圆人静的深夜，圣还独对着油盏火；她似乎有些倦了，慢慢踱出来，凭栏远望，全巴黎城在她保护之下安睡了；瞧她那慈祥和蔼一往情深的样子。

圣也奈韦夫于五世纪初年，生在离巴黎二十四里的囊台儿村（Nanterre）里。幼时听圣也曼讲道，深为感悟。圣也曼也说她根器好，着实勉励了一番。后来她到巴黎，尽力于救济事业。五世纪中叶，匈奴将来侵巴黎，全城震惊。她力劝人民镇静，依赖神明，颇能教人相信。匈奴到底也没来成。以后巴黎真经兵乱，她于救济事业加倍努力。她活了九十岁。晚年倡议在巴黎给圣彼得与圣保罗修一座教堂。动工的第二年，她就死了。等教堂落成，却发现她已葬在里头；此外还有许多奇异的传说。因此这座教堂只好作为奉祀她的了。这座教堂便是现在的国葬院。院的门墙是希腊式，三角楣下，一排哥林斯式的石柱。院旁有圣爱的昂堂，不大。现在是圣也奈韦夫埋灰之所。祭坛前的石刻花屏极华美，是十六世纪的东西。

**知识速递：**

沙畹（畹读 wǎn，1824—1898 年）：即皮埃尔·皮维·德·夏凡纳，法国 19 世纪后期的重要壁画家，主要作品包括为巴黎大学圆厅画的《文学、科学和艺术》，为里昂艺术宫画的《文艺女神在圣林中》及受法国政府委托在巴黎先贤寺画的一系列壁画。

根器：指人的禀赋、气质。

左岸还有伤兵养老院。其中兵甲馆，收藏废弃的武器及战利品。有一间满悬着三色旗，屋顶上正悬着，两壁上斜插着，一面挨一面的。屋子很长，一进去但觉千层百层鲜明的彩色，静静地交映着。

院有穹隆顶，高三百四十英尺，直径八十六英尺，造于十七世纪中，优美庄严，胜于国葬院的。顶下原是一个教堂，拿破仑墓就在这里。堂外有宽大的台阶儿，有多力克式与哥林斯式石柱。进门最叫你舒服的是那屋里的光。那是从染色玻璃窗射下来的淡淡的金光，软得像一股水。堂中央一个窨，圆的，深二十英尺，直径三十六英尺，花岗石柩居中，十二座雕像环绕着，代表拿破仑重要的战功；像间分六列插着五十四面旗子，是他的战利品。堂正面是祭坛；周围许多龛堂，埋着王公贵人。一律圆拱门；地上嵌花纹，窨中也这样。

拿破仑死在圣海仑岛，遗嘱愿望将骨灰安顿在塞纳河旁，他所深爱的法国人民中间。待他死后十九年，一八四〇，这愿望才达到了。

**知识速递：**

柩：装有尸体的棺材。

塞纳河里有两个小洲，小到不容易觉出。西头的叫城洲，洲上两所教堂是巴黎的名迹。洲东的圣母堂更为煊赫。堂成于十二世纪，中间经过许多变迁，到十九世纪中叶重修，才有现在的样子。这是"装饰的戈昔式"建筑的最好的代表。正面朝西，分三层。下层三座尖拱门。这种门很深，门圈儿是一棱套着一棱的，越望里越小；棱间与门上雕着许多大像小像，都是《圣经》中的人物。中层是窗子，两边的尖拱形，分雕着亚当夏娃像；中央的浑圆形，雕着"圣处女"像。上层是栏干。

最上两座钟楼，各高二百二十七英尺；两楼间露出后面尖塔的尖儿，一个伶俐瘦劲的身影。这座塔是勒丢克（Viellet ie Duc，十九世纪）所造，比钟楼还高五十八英尺；但从正面看，像一般高似的，这正是建筑师的妙用。

朝南还有一个旁门，雕饰也繁密得很。从背后看，左右两排支墙（Buttress）像一对对的翅膀，作飞起的势子。支墙上虽也有些装饰，却不为装饰而有。原来戈昔式的房子高，窗子大，墙的力量支不住那些石头的拱顶，因此非从墙外想法不可。支墙便是这样来的。这是戈昔式的致命伤；许多戈昔式建筑容易圮毁，正是为此。

堂里满是彩绘的高玻璃窗子，阴森森的，只看见石柱子，尖拱门，肋骨似的屋顶。中间神堂，两边四排廊路，周围三十七间龛堂，像另自成个世界。堂中的讲坛与管风琴都是名手所作。歌队座与牧师座上的动植物木刻，也以精工著。戈昔式教堂里雕绘最繁；其中取材于教堂所在地的花果的尤多。所雕绘的大抵以近真为主。这种一半为装饰，一半也为教导，让那些不识字的人多知道些事物，作用和百科全书差不多。

　　堂中有宝库，收藏历来珍贵的东西，如金龛，金十字架之类，灿烂耀眼。拿破仑于一八〇四年在这儿加冕，那时穿的长袍也陈列在这个库里。北钟楼许人上去，可以看见墙角上石刻的妖兽，奇丑怕人，俯视着下方，据说是吐溜水的。雨果写过《巴黎圣母堂》一部小说，所叙是四百年前的情形，有些还和现在一样。

**知识速递：**

煊(xuān)赫：形容名声大、声势盛。

勒丢克（1814—1879年）：即欧仁·埃马纽埃尔·维奥莱-勒-迪克，法国建筑师与理论家，法国哥特复兴式建筑的中心人物，他启发了现代建筑。19世纪初，他以新哥特式风格完全修复了几乎被废弃的巴黎圣母院，包括一个以前从未出现过的新尖顶。

圣龛堂在洲西头，是全巴黎戈昔式建筑中之最美丽者。罗斯金更说是"北欧洲最珍贵的一所戈昔式"。在一二三八那一年，"圣路易"王听说君士坦丁皇帝包尔温将"棘冠"押给威尼斯商人，无力取赎，"棘冠"已归商人们所有，急得什么似的。他要将这件无价之宝收回，便异想天开地在犹太人身上加了一种"苛捐杂税"。过了一年，"棘冠"果然弄回来，还得了些别的小宝贝，如"真十字架"的片段等等。他这一乐非同小可，命令某建筑师造一所教堂供奉这些宝物；要造得好，配得上。一二四五年起手，三年落成。名建筑家勒丢克说，"这所教堂内容如此复杂，花样如此繁多，活儿如此利落，材料如此美丽，真想不出在那样短的时期里如何成功的。"

这样两个龛堂，一上一下，都是金碧辉煌的。下堂尖拱重叠，纵横交互；中央拱低而阔，所以地方并不大而极有开朗之势。堂中原供的"圣处女"像，传说灵迹甚多。上堂却高多了，有彩绘的玻璃窗子十五堵；窗下沿墙有龛，低得可怜相。柱上相间地安着十二使徒像；有两尊很古老，别的都是近世仿作。

玻璃绘画似乎与戈昔艺术分不开；十三世纪后者最盛，前者也最盛。画法用许多颜色玻璃拼合而成，相连处以铅焊之，再用铁条夹住。著色有浓淡之别。淡色所以使日光柔和飘渺。但浓色的多，大概用深蓝作地子，加上点儿黄白与宝石红，取其衬托鲜明。这种窗子也兼有装饰与教导的好处；所画或为几何图案，或为人物故事。

还有一堵"玫瑰窗"，是象征"圣处女"的；画是圆形，花纹都从中心分出。据说这堵窗是玫瑰窗中最亲切有味的，因为它的温暖的颜色比别的更接近看的人。但这种感想东方人不会有。这龛堂有一座金色的尖塔，是勒丢克造的。

**知识速递：**

棘冠：基督教的象征物品，即基督教圣物。《新约·马太福音》上说，耶稣受难时头上被人戴上用长满尖刺的荆棘编成的圈状冠，遭到无情的折磨，痛苦不堪。由此，人们用"荆棘冠"比喻难以承受的巨大痛苦和折磨。

  毛得林堂在刚果方场之东北，造于近代。形式仿希腊神庙，四面五十二根哥林斯式石柱，围成一个廊子。壁上左右各有一排大龛子，安着群圣的像。堂里也是一行行同式的石柱；却使用各种颜色的大理石，华丽悦目。圣心院在巴黎市外东北方，也是近代造的，至今还未完成，堂在一座小山的顶上，山脚下有两道飞阶直通上去。也通索子铁路。

  堂的规模极宏伟，有四个穹隆顶，一个大的，带三个小的，都是卑赞廷式；另外一座方形高钟楼，里面的钟重二万零九十斤。堂里能容八千人，但还没有加以装饰。房子是白色，台阶也是的，一种单纯的力量压得住人。堂高而大，巴黎周围若干里外便可看见。站在堂前的平场里，或爬上穹隆顶里，也可看个五六十里。造堂时工程浩大，单是打地基一项，就花掉约四百万元；因为土太松了，撑不住，根基要一直打到山脚下。所以有人半真半假地说，就是移了山，这教堂也不会倒的。

  巴黎博物院之多，真可算甲于世界。就这一桩儿，便可教你流连忘返。但须徘徊玩索才有味，走马看花是不成的。一个行色匆匆的游客，在这种地方往往无可奈何。博物院以卢佛宫（Louvre）为最大；这是就全世界论，不单就巴黎论。

卢佛宫在加罗塞方场之东；主要的建筑是口字形，南头向西伸出一长条儿。这里本是一座堡垒，后来改为王宫。大革命后，各处王宫里的画，宫苑里的雕刻，都保存在此；改为故宫博物院，自然是很顺当的。博物院成立后，历来的政府都尽力搜罗好东西放进去；拿破仑从各国"搬"来大宗的画，更为博物院生色不少。宫房占地极宽，站在那方院子里，颇有海阔天空的意味。院子里养着些鸽子，成群地孤单地仰着头挺着胸在地上一步步地走，一点不怕人。撒些饼干面包之类，它们便都向你身边来。房子造得秀雅而庄严，壁上安着许多王公的雕像。熟悉法国历史的人，到此一定会发思古之幽情的。

卢佛宫好像一座宝山，蕴藏的东西实在太多，教人不知从那儿说起好。画为最，还有雕刻，古物，装饰美术等等，真是琳琅满目。乍进去的人一时摸不着头脑，往往弄得糊里糊涂。就中最脍炙人口的有三件。

一是达文齐的《摩那丽沙》像，大约作于一五○五年前后，是觉孔达（Joconda）夫人的画像。相传达文齐这幅像画了四个年头，因为要那甜美的微笑的样子，每回"临像"的时候，总请些乐人弹唱给她听，让她高高兴兴坐着。像画好了，他却爱上她了。这幅画是佛兰西司第一手里买的，他没有准儿许认识那女人。一九一一年画曾被人偷走，但两年之后，到底从意大利找回来了。

十六世纪中叶，意大利已公认此画为不可有二的画像杰作，作者在与造化争巧。画的奇处就在那一丝儿微笑上。那微笑太飘忽了，太难捉摸了，好像常常在变幻。这果然是个"奇迹"，不过也只是造形的"奇迹"

罢了。这儿也有些理想在内；达文齐笔下夹带了一些他心目中的圣母的神气。近世讨论那微笑的可太多了。诗人，哲学家，有的是；他们都想找出点儿意义来。于是摩那丽沙成为一个神秘的浪漫的人了；她那微笑成为"人狮（Sphinx）的凝视"或"鄙薄的讽笑"了。这大概是她与达文齐都梦想不到的吧。

> **知识速递：**
>
> 达文齐（1452—1519 年）：即列奥纳多·达·芬奇，意大利文艺复兴时期画家、自然科学家、工程师。达·芬奇思想深邃，学识渊博，是人类历史上少见的全才，被现代学者称为"文艺复兴时期最完美的代表"。

二是米罗（Milo）《爱神》像。一八二〇年米罗岛一个农人发现这座像，卖给法国政府只卖了五千块钱。据近代考古家研究，这座像当作于纪元前一百年左右。那两只胳膊都没有了；它们是怎么个安法，却大大费了一班考古家的心思。

这座像不但有生动的形态，而且有温暖的骨肉。她又强壮，又清明；单纯而伟大，朴真而不奇。所谓清明，是身心都健的表象，与麻木不同。这种作风颇与纪元前五世纪希腊巴昔农（Panthenon）庙的监造人，雕刻家费铁亚司（Phidias）相近。因此法国学者雷那西（S.Reinach，新近去世）在他的名著《亚波罗》（美术史）中相信这座像作于纪元前四世纪中。他并且相信这座像不是爱神微那司而是海女神安非特利特（Amphitrite）；因为它没有细腻，飘渺，娇羞，多情的样子。

三是沙摩司雷司（Samothrace）的《胜利女神像》。女神站在冲波而进的船头上，吹着一支喇叭。但是现在头和手都没有了，剩下翅膀与身子。这座像是还愿的。纪元前三〇六年波立尔塞特司（Demetrius Poliorcetes）在塞勃勒司（Cyprus）岛打败了埃及大将陶来买（Ptolemy）的水师，便在沙摩司雷司岛造了这座像。

衣裳雕得最好；那是一件薄薄的软软的衣裳，光影的准确，衣褶的精细流动；加上那下半截儿被风吹得好像弗弗有声，上半截儿却紧紧地贴着身子，很有趣地对照着。因为衣裳雕得好，才显出那筋肉的力量；那身子在摇晃着，在挺进着，一团胜利的喜悦的劲儿。还有，海风呼呼地吹着，船尖儿嗤嗤地响着，将一片碧波分成两条长长的白道儿。

知识速递：

《爱神》像：即《米洛斯的维纳斯》（又称《米洛斯的阿芙洛蒂忒》《断臂的维纳斯》），是古希腊雕刻家阿历山德罗斯于公元前150年左右创作的大理石雕塑，现收藏于法国卢浮宫博物馆。

卢森堡博物院专藏近代艺术家的作品。他们或新故，或还生存。这里比卢佛宫明亮得多。进门去，宽大的甬道两旁，满陈列着雕像等；里面却多是画。雕刻里有彭彭（Pompon）的《狗熊》与《水禽》等，真是大巧若拙。彭彭现在大概有七八十岁了，天天上动物园去静观禽兽的形态。他熟悉它们，也亲爱它们，所以做出来的东西神气活现；可是形体并不像照相一样地真切，他在天然的曲线里加上些小小的棱角，便带着点"建筑"的味儿。于是我们才看见新东西。

那《狗熊》和实物差不多大，是石头的；那《水禽》等却小得可以供在案头，是铜的。雕像本有两种手法，一是干脆地砍石头，二是先用泥塑，再浇铜。彭彭从小是石匠，石头到他手里就像豆腐。他是巧匠而兼艺术家。动物雕像盛于十九世纪的法国；那时候动物园发达起来，供给艺术家观察，研究，描摹的机会。动物素描之成为画的一支，也从这时候起。院里的画受后期印象派的影响，找寻人物的"本色"（local colour），大抵是鲜明的调子。不注重画面的"体积"而注重装饰的效用。也有细心分别光影的，但用意还在找寻颜色，与印象派之只重光影不一样。

**知识速递：**

彭彭（1855—1933年）：即弗朗索瓦·蓬朋，法国著名的动物雕刻家，被誉为现代风格化动物雕塑的先驱。蓬朋擅长石雕，他采取坚硬的直线条来保留和展现石头的质感美，剔除细微的起伏，将大的块面和直线组成形象结构，赋予作品雄浑、明确和整体感。

蓬朋

砖场花园的南犄角上有网球场博物院，陈列外国近代的画与雕像。北犄角上有奥兰纪利博物院，陈列的东西颇杂，有马奈（Manet，十九世纪法国印象派画家）的画与日本的浮世绘等。浮世绘的著色与构图给十九世纪后半法国画家极深的影响。摩奈（Monet）画院也在这里。他也是法国印象派巨子，一九二六年才过去。

087

印象派兴于十九世纪中叶，正是照相机流行的时候。这派画家想赶上照相机，便专心致志地分别光影；他们还想赶过照相机，照相没有颜色而他们有。他们只用原色；所画的画近看但见一处处的颜色块儿，在相当的距离看，才看出光影分明的全境界。他们的看法是迅速的综合的，所以不重"本色"（人物固有的颜色，随光影而变化），不重细节。

摩奈以风景画著于世；他不但是印象派，并且是露天画派（Pleinairiste）。露天画派反对画室里的画，因为都带着那黑影子；露天里就没有这种影子。这个画院里有摩奈八幅顶大的画，太大了，只好嵌在墙上。画院只有两间屋子，每幅画就是一堵墙，画的是荷花在水里。摩奈欢喜用蓝色，这几幅画也是如此。规模大，气魄厚，汪汪欲溢的池水，疏疏密密的乱荷，有些像在树荫下，有些像在太阳里。据内行说，这些画的章法，简直前无古人。

**知识速递：**

摩奈（1840—1926年）：即奥斯卡-克劳德·莫奈，法国最重要的画家之一，被誉为"印象派领导者"。光和影的色彩描绘是莫奈绘画的最大特色。代表作品：《日出·印象》《卢昂大教堂》《维特尼附近的罂粟花田》《睡莲》。

莫奈

罗丹博物院在左岸。大战后罗丹的东西才收集在这里；已完成的不少，也有些未完成的。有群像，单像，胸像；有石膏仿本。还有画稿，塑稿。还有罗丹的遗物。罗丹是十九世纪雕刻大师；或称他为自然派，或称他为浪漫派。他有匠人的手艺，诗人的胸襟；他藉雕刻来表现自己的情感。取材是不平常的，手法也是不平常的。常人以为美的，他觉得已无用武之地；他专找常人以为丑的。又因为求表现的充分，不得不夸饰与变形。所以他的东西乍一看觉得"怪"，不是玩艺儿。

从前的雕刻讲究光洁，正是"裁缝不露针线迹"的道理；而浪漫派艺术家恰相反，故意要显出笔触或刀痕，让人看见他们在工作中情感激动的光景。罗丹也常如此。他们又多喜欢用塑法，因为泥随意些，那凸凸凹凹的地方，那大块儿小条儿，都可以看得清楚。

克吕尼馆（Cluny）收藏罗马与中世纪的遗物颇多，也在左岸。罗马时代执政的宫在这儿。后来法兰族诸王也住在这宫里。十五世纪的时候，宫毁了，克吕尼寺僧改建现在这所房子，作他们的下院，是"后期戈昔"与"文艺复兴"的混合式。法国王族来到巴黎，在馆里暂住过的，也很有些人。这所房子后来又归了一个考古家。他搜集了好些古董；死后由政府收买，并添凑成一万件。画，雕刻，木刻，金银器，织物，中世纪上等家具，磁器，玻璃器，应有尽有。房子还保存着原来的样子。入门就如活在几百年前的世界里，再加上陈列的零碎的东西，触鼻子满是古气。

与这个馆毗连着的是罗马时代的浴室，原分冷浴热浴等，现在只看见些残门断柱（也有原在巴黎别处的），寂寞地安排着。浴室外是园子，树间草上也散布着古代及中世纪巴黎建筑的一鳞一爪，其中"圣处女门"最秀雅。

**知识速递：**

一鳞一爪：是指龙在云中，东露一鳞，西露一爪，看不到它的全貌。比喻零星片段的事物。

　　此外巴黎美术院（即小宫），装饰美术院都是杂拌儿。后者中有一间扇室，所藏都是十八世纪的扇面，是某太太的遗赠。十八世纪中国玩艺儿在欧洲颇风行，这也可见一斑。扇面满是西洋画，精工鲜丽；几百张中，只有一张中国人物，却板滞无生气。又有吉买博物院（Guimet），收藏远东宗教及美术的资料。伯希和取去敦煌的佛画，多数在这里。日本小画也有些。还有蜡人馆。据说那些蜡人做得真像，可是没见过那些人或他们的照相的，就感不到多大兴味，所以不如画与雕像。不过"隧道"里阴惨惨的，人物也代表着些阴惨惨的故事，却还可看。楼上有镜宫，满是镜子，顶上与周围用各色电光照耀，宛然千门万户，像到了万花筒里。

　　一九三二年春季的官"沙龙"在大宫中，顶大的院子里罗列着雕像；楼上下八十几间屋子满是画，也有些装饰美术。内行说，画像太多，真是"官"气。其中有安南阮某一幅，奖银牌；中国人一看就明白那是阮氏祖宗的影像。记得有个笑话，说一个贼混入人家厅堂偷了一幅古画，卷起夹在腋下。跨出大门，恰好碰见主人。那贼情急智生，便将画卷儿一扬，问道，"影像，要买吧？"主人自然大怒，骂了一声走进去。贼于是从容溜之乎也。那位安南阮某与此贼可谓异曲同工。

　　大宫里，同时还有一个装饰艺术的"沙龙"，陈列的是家具，灯，织物，建筑模型等等，大都是立体派的作风。立体派本是现代艺术的一派，意大利最盛。影响大极了，建筑，家具，布匹，织物，器皿，汽车，公路，广告，书籍装订，都有立体派的份儿。平静，干脆，是古典的精神，也是这时代重理智的表现。在这个"沙龙"里看，现代的屋子内外都俨然是些几何的图案，和从前华丽的藻饰全异。

还有一个"沙龙"，专陈列幽默画。画下多有说明。各画或描摹世态，或用大小文野等对照法，以传出那幽默的情味。有一幅题为《长裙子》，画的是夜宴前后客室中的景子：女客全穿短裙子，只有一人穿长的，大家的眼睛都盯着她那长出来的一截儿。她正在和一个男客谈话，似乎不留意。看她的或偏着身子，或偏着头，或操着手，或用手托着腮（表示惊讶），倚在丈夫的肩上，或打着看戏用的放大镜子，都是一副尴尬面孔。穿长裙子的女客在左首，左首共三个人；中央一对夫妇，右首三个女人，疏密向背都恰好；还点缀着些不在这一群里的客人。画也有不幽默的，也有太恶劣的；本来是幽默并不容易。

巴黎的坟场，东头以倍雷拉谢斯（Père Lachaise）为最大，占地七百二十亩，有二里多长。中间名人的坟颇多，可是道路纵横，找起来真费劲儿。阿培拉德与哀绿绮思两坟并列，上有亭子盖着；这是重修过的。

王尔德的坟本葬在别处；死后九年，也迁到此场。坟上雕着个大飞人，昂着头，直着脚，长翅膀，像是合埃及的"狮人"与亚述的翅儿牛而为一，雄伟飞动，与王尔德并不很称。这是英国当代大雕刻家爱勃司坦（Epstein）的巨作；钱是一位倾慕王尔德的无名太太捐的。

场中有巴什罗米（Bartholomè）雕的一座纪念碑，题为《致死者》。碑分上下两层，上层中间是死门，进去的两个人倒也行无所事的；两侧向门走的人群却牵牵拉拉，哭哭啼啼，跌跌倒倒，不得开交似的。下层像是生者的哀伤。此外北头的蒙马特，南头的蒙巴那斯两坟场也算大。茶花女埋在蒙马特场，题曰一八二四年正月十五日生，一八四七年二月三日卒。小仲马，海涅也在那儿。蒙巴那斯场有圣白孚，莫泊桑，鲍特莱尔等；鲍特莱尔的坟与纪念碑不在一处，碑上坐着一个悲伤的女人的石像。

**知识速递：**

奥斯卡·王尔德（1854—1900年）：出生于爱尔兰都柏林，19世纪英国最伟大的作家与艺术家之一，以剧作、诗歌、童话和小说闻名。代表作：《快乐王子》《夜莺与玫瑰》等。

巴黎的夜也是老牌子。单说六个地方。非洲饭店带澡堂子，可以洗蒸汽澡，听黑人浓烈的音乐；店员都穿着埃及式的衣服。三藩咖啡看"爵士舞"，小小的场子上一对对男女跟着那繁声促节直扭腰儿。最警动的是那小圆木筒儿，里面像装着豆子之类。不时地紧摇一阵子。圆屋听唱法国的古歌；一扇门背后的墙上油画着蹲着在小便的女人。红磨坊门前一架小红风车，用电灯做了轮廓线；里面看小戏与女人跳舞。这在蒙马特区。

蒙马特是流浪人的区域。十九世纪画家住在这一带的不少，画红磨坊的常有。塔巴林看女人跳舞，不穿衣服，意在显出好看的身子。里多在仙街，最大。看变戏法，听威尼斯夜曲。里多岛本是威尼斯娱乐的地方。这儿的里多特意砌了一个池子，也有一支"刚朵拉"，夜曲是男女对唱，不过意味到底有点儿两样。

巴黎的野色在波隆尼林与圣克罗园里才可看见。波隆尼林在西北角，恰好在塞因河河套中间，占地一万四千多亩，有公园，大路，小路，有两个湖，一大一小，都是长的；大湖里有两个洲，也是长的。要领略林子的好处，得闲闲地拣深僻的地儿走。圣克罗园还在西南，本有离宫，现在毁了，剩下些喷水和林子。林子里有两条道儿很好。一条渐渐高上去，从树里两眼望不尽；一条窄而长，漏下一线天光；远望路口，不知是云是水，茫茫一大片。

但真有野味的还得数枫丹白露的林子。枫丹白露在巴黎东南，一点半钟的火车。这座林子有二十七万亩，周围一百九十里。坐着小马车在里面走，幽静如远古的时代。太阳光将树叶子照得透明，却只一圈儿一点儿地洒到地上。路两旁的树有时候太茂盛了，枝叶交错成一座拱门，低低的；远看去好像拱门那面另有一界。林子里下大雨，那一片沙沙沙沙的声音，像潮水，会把你心上的东西冲洗个干净。林中有好几处山峡，可以试腰脚，看野花野草，看旁逸斜出，稀奇古怪的石头，像枯骨，像刺猬。亚勃雷孟峡就是其一，地方大，石头多，又是忽高忽低，走起来好。

枫丹白露宫建于十六世纪，后经重修。拿破仑一八一四年临去爱而巴岛的时候，在此告别他的诸将。这座宫与法国历史关系甚多。宫房外观不美，里面却精致，家具等等也考究。就中侍从武官室与亨利第二厅最好看。前者的地板用嵌花的条子板；小小的一间屋，共用九百条之多。复壁板上也雕绘着繁细的花饰，炉壁上也满是花儿，挂灯也像花正开着。后者是一间长厅，其大少有。地板用了二万六千块，一色，嵌成规规矩矩的几何图案，光可照人。厅中间两行圆拱门。门柱下截镶复壁板，上截镶油画；楣上也画得满满的。天花板极意雕饰，金光耀眼。宫外有园子，池子，但赶不上凡尔赛宫的。

凡尔赛宫在巴黎西南,算是近郊。原是路易十三的猎宫,路易十四觉得这个地方好,便大加修饰。路易十四是所谓"上帝的代表",凡尔赛宫便是他的庙宇。那时法国贵人多一半住在宫里,伺候王上。他的侍从共一万四千人;五百人伺候他吃饭,一百个贵人伺候他起床,更多的贵人伺候他睡觉。那时法国艺术大盛,一切都成为御用的,集中在凡尔赛和巴黎两处。

凡尔赛宫里装饰力求富丽奇巧,用钱无数。如金漆彩画的天花板,木刻,华美的家具,花饰,贝壳与多用错综交会的曲线纹等,用意全在教来客惊奇:这便是所谓"罗科科式"(Rococo)。宫中有镜厅,十七个大窗户,正对着十七面同样大小的镜子;厅长二百四十英尺,宽三十英尺,高四十二英尺。拱顶上和墙上画着路易十四打胜德国,荷兰,西班牙的情形,画着他是诸国的领袖,画着他是艺术与科学的广大教主。近十几年来成为世界祸根的那和约便是一九一九年六月二十八那一天在这座厅里签的字。

宫旁一座大园子,也是路易十四手里布置起来的。看不到头的两行树,有万千的气象。有湖,有花园,有喷水。花园一畦一个花样,小松树一律修剪成圆锥形,集法国式花园之大成。喷水大约有四十多处,或铜雕,或石雕,处处都别出心裁,也是集大成。

每年五月到九月,每月第一星期日,和别的节日,都有大水法。从下午四点起,到处银花飞舞,雾气沾人,衬着那齐斩斩的树,软茸茸的草,觉得立着看,走着看,不拘怎么看总成。海龙王喷水池,规模特别大;得等五点半钟大水法停后,让它单独来二十分钟。有时晚上大放花炮,就在这里。各色的电彩照耀着一道道喷水。花炮在喷水之间放上去,也是一道道的;同时放许多,便氤氲起一团雾。这时候电光换彩,红的忽然变蓝的,蓝的忽然变白的,真真是一眨眼。

卢梭园在爱尔莽浓镇（Ermenonville），巴黎的东北，要坐一点钟火车，走两点钟的路。这是道地乡下，来的人不多。园子空旷得很，有种荒味。大树，怒草，小湖，清风，和中国的郊野差不多，真自然得不可言。湖里有个白杨洲，种着一排白杨树，卢梭坟就在那小洲上。日内瓦的卢梭洲在仿这个；可是上海式的街市旁来那么个洲子，总有些不伦不类。

一九三一年夏天，"殖民地博览会"开在巴黎之东的万散园（Vincennes）里。那时每日人山人海。会中建筑都仿各地的式样，充满了异域的趣味。安南庙七塔参差，峥嵘肃穆，最为出色。这些都是用某种轻便材料造的，去年都拆了。各建筑中陈列着各处的出产，以及民俗。晚上人更多，来看灯光与喷水。每条路一种灯，都是立体派的图样。喷水有四五处，也是新图样；有一处叫"仙人球"喷水，就以仙人球做底样，野拙得好玩儿。这些自然都用电彩。还有一处水桥，河两岸各喷出十来道水，凑在一块儿，恰好是一座弧形的桥，教人想着走上一个水晶的世界去。

**知识速递：**

让-雅克·卢梭（1712—1778 年）：法国 18 世纪启蒙思想家、哲学家、教育家、文学家，民主政论家和浪漫主义文学流派的开创者，启蒙运动代表人物之一。主要著作有《论人类不平等的起源和基础》《爱弥儿》《忏悔录》《新爱洛伊丝》《植物学通信》等。

> 田老师讲：

说到法国巴黎，大家会想到什么？塞纳河、埃菲尔铁塔、凡尔赛宫、巴黎圣母院，莫奈的荷花……总之，关于文学、历史、艺术，建筑都可以在朱自清的这篇《巴黎》中找到。

开篇，朱自清定义了他对巴黎的主观印象——雅，他说，巴黎人有雅骨，巴黎人像呼吸空气一样呼吸着艺术气，自然而然就雅起来了。他以细腻的笔触描写了巴黎的街头巷尾、咖啡馆、书店等独特的风景，这些风景不仅是城市景观的一部分，更是城市文明的体现。

朱自清对巴黎似乎情有独钟，在《欧游杂记》中留下了最长的篇幅来细说自己漫游巴黎的点点滴滴。从塞纳河到协和广场，从凯旋门到埃菲尔铁塔，从巴黎歌剧院到巴黎圣母院，从市中心卢浮宫到郊外的枫丹白露，再到凡尔赛宫，对建筑、艺术、文学、风土人情，如数家珍，娓娓道来。

巴黎的名胜太多了，朱自清不惜脚力，逐一"打卡"。读者跟随他的脚步，边欣赏边沉思：巴黎的一座座建筑同法国的命运紧紧相连，起起落落，浮浮沉沉，最终演化成一座名扬天下的博物馆。

## 拓展阅读

## 巴黎特色风光

◀ 埃菲尔铁塔（La Tour Eiffel）

  作为巴黎的标志性建筑，埃菲尔铁塔始建于1889年，高达324米，设计新颖、造型独特，是世界建筑史上的奇迹。登上塔顶，可以俯瞰整个巴黎市区，感受古典与现代建筑风格的完美交融。

097

# 三家书店

1934 年 10 月 27 日作

伦敦卖旧书的铺子，集中在切林克拉斯路（Charing Cross Road）；那是热闹地方，顶容易找。路不宽，也不长，只这么弯弯的一段儿；两旁不短的是书，玻璃窗里齐整整排着的，门口摊儿上乱哄哄摆着的，都有。加上那徘徊在窗前的，围绕着摊儿的，看书的人，到处显得拥拥挤挤，看过去路便更窄了。摊儿上看最痛快，随你翻，用不着"劳驾""多谢"；可是让风吹日晒的到底没什么好书，要看好的还得进铺子去。进去了有时也可随便看，随便翻，但用得着"劳驾""多谢"的时候也有；不过爱买不买，决不至于遭白眼。说是旧书，新书可也有的是；只是来者多数为的旧书罢了。

最大的一家要算福也尔（Foyle），在路西；新旧大楼隔着一道小街相对着，共占七号门牌，都是四层，旧大楼还带地下室——可并不是

地窖子。店里按着书的性质分二十五部；地下室里满是旧文学书。这爿店二十八年前本是一家小铺子，只用了一个店员；现在店员差不多到了二百人，藏书到了二百万种，伦敦的《晨报》称为"世界最大的新旧书店"。两边店门口也摆着书摊儿，可是比别家的大。

　　我的一本《袖珍欧洲指南》，就在这儿从那穿了满染着书尘的工作衣的店员手里，用半价买到的。在摊儿上翻书的时候，往往看不见店员的影子；等到选好了书四面找他，他却从不知那一个角落里钻出来了。但最值得流连的还是那间地下室；那儿有好多排书架子，地上还东一堆西一堆的。乍进去，好像掉在书海里；慢慢地才找出道儿来。屋里不够亮，土又多，离窗户远些的地方，白日也得开灯。可是看得自在；他们是早七点到晚九点，你待个几点钟不在乎，一天去几趟也不在乎。只有一件，不可着急。你得像逛庙会逛小市那样，一半玩儿，一半当真，翻翻看看，看看翻翻；也许好几回碰不见一本合意的书，也许霎时间到手了不止一本。

> **知识速递：**
>
> 爿（pán）：作量词，用于商店、工厂等，相当于"家""座"，一家叫一爿。用于田地，相当于"块"。还相当于"边""段儿"。

> **近义词辨析：**
>
> 刹那：极短的时间；瞬间。指某一刻的时间点。
> 霎那：片刻。指某一刻的时间段。

开铺子少不了生意经，福也尔的却颇高雅。他们在旧大楼的四层上留出一间美术馆，不时地展览一些画。去看不花钱，还送展览目录；目录后面印着几行字，告诉你要买美术书可到馆旁艺术部去。展览的画也并不坏，有卖的，有不卖的。他们又常在馆里举行演讲会，讲的人和主席的人当中，不缺少知名的。听讲也不用花钱；只每季的演讲程序表下，"恭请你注意组织演讲会的福也尔书店"。还有所谓文学午餐会，记得也在馆里。他们请一两个小名人做主角，随便谁，纳了餐费便可加入；英国的午餐很简单，费不会多。假使有闲工夫，去领略领略那名隽的谈吐，倒也值得的，不过去的却并不怎样多。

牛津街是伦敦的东西通衢，繁华无比，街上呢绒店最多；但也有一家大书铺，叫做彭勃思（Bumpus）的便是。这铺子开设于一七九〇年左右，原在别处；一八五〇年在牛津街开了一个分店，十九世纪末便全挪到那边去了，维多利亚时代，店主多马斯彭勃思很通声气，来往的有迭更斯，兰姆，麦考莱，威治威斯等人；铺子就在这时候出了名。

店后来连着旧法院，有看守所，守卫室等，十几年来都让店里给买下了。这点古迹增加了人对于书店的趣味。法院的会议圆厅现在专作书籍展览会之用；守卫室陈列插图的书，看守所变成新书的货栈。但当日的光景还可从一些画里看出：如十八世纪罗兰生（Rowlandson）所画守卫室内部，是晚上各守卫提了灯准备去查监的情形，瞧着很忙碌的样子。再有一个图，画的是一七二九的一个守卫，神气够凶的。看守所也有一幅画，砖砌的一重重大拱门，石板铺的地，看守室的厚木板门严严锁着，只留下一个小方窗，还用十字形的铁条界着；真是铜墙铁壁，插翅也飞不出去。

这家铺子是五层大楼，却没有福也尔家地方大。下层卖新书，三楼卖儿童书，外国书，四楼五楼卖廉价书；二楼卖绝版书，难得的本子，精装的新书，还有《圣经》，祈祷书，书影等等，似乎是菁华所在。他们有初印本，精印本，著者自印本，著者签字本等目录，搜罗甚博，福也尔家所不及。新书用小牛皮或摩洛哥皮（山羊皮——羊皮也可仿制）装订，烫上金色或别种颜色的立体派图案；稀疏的几条平直线或弧线，还有"点儿"，错综着配置，透出干净，利落，平静，显豁，看了心目清朗。

装订的书，数这儿讲究，别家书店里少见。书影是仿中世纪的抄本的一叶，大抵是祷文之类。中世纪抄本用黑色花体字，文首第一字母和叶边空处，常用蓝色金色画上各样花饰，典丽矞皇，穷极工巧，而又经久不变；仿本自然说不上这些，只取其也有一点古色古香罢了。

**知识速递：**

名隽：俊杰，杰出的人。

通衢 (qú)：四通八达的道路，宽敞平坦的道路。

菁华：同"精华"，为事物最精美的部分。

典丽矞 (yù) 皇：用来形容富丽堂皇、明亮耀眼。

一九三一年里，这铺子举行过两回展览会，一回是剑桥书籍展览，一回是近代插图书籍展览，都在那"会议厅"里。重要的自然是第一回。

牛津剑桥是英国最著名的大学；各有印刷所，也都著名。这里从前展览过牛津书籍，现在再展览剑桥的，可谓无遗憾了。

这一年是剑桥目下的辟特印刷所（The Pitt Press）奠基百年纪念，展览会便为的庆祝这个。展览会由鼎鼎大名的斯密兹将军（General Smuts）开幕，到者有科学家詹姆士金斯（James Jeans），亚特爱丁顿（Arthur Eddington），还有别的人。

展览分两部，现在出版的书约莫四千册是一类；另一类是历史部分。剑桥的书字型清晰，墨色匀称，行款合式，书扉和书衣上最见工夫；尤其擅长的是算学书，专门的科学书。这两种书需要极精密的技巧，极仔细的校对；剑桥是第一把手。但是这些东西，还有他们印的那些冷僻的外国语书，都卖得少，赚不了钱。除了是大学印刷所，别家大概很少愿意承印。剑桥又承印《圣经》；英国准印《圣经》的只剑桥牛津和王家印刷人。斯密兹说剑桥就靠《圣经》和教科书赚钱。可是《泰晤士报》社论中说现在印《圣经》的责任重大，认真地考究地印，也只能够本罢了。——一五八八年英国最早的《圣经》便是由剑桥承印的。

英国印第一本书，出于伦敦威廉甲克司登（Willian Caxton）之手，那是一四七七年。到了一五二一，约翰席勃齐（John Siberch）来到剑桥，一年内印了八本书；剑桥印刷事业才创始。八年之后，大学方面因为有一家书纸店与异端的新教派勾结，怕他们利用书籍宣传，便呈请政府，求英王核准在剑桥只许有三家书铺，让他们宣誓不卖未经大学检查员审定的书。那时英王是亨利第八；一五三四年颁给他们勅书，授权他们选三家书纸店兼印刷人，或书铺，"印行大学校长或他的代理人等所审定的各种书籍"。这便是剑桥印书的法律根据。不过直到一五八三年，他们才真正印起书来。

那时伦敦各家书纸店有印书的专利权，任意抬高价钱。他们妒忌剑桥印书，更恨的是卖得贱。恰好一六二○年剑桥翻印了他们一本文法书，他们就在法庭告了一状。剑桥师生老早不乐意他们抬价钱，这一来更愤愤不平；大学副校长第二年乘英王詹姆士第一上新市场去，半路上就递上一件呈子，附了一个比较价目表。这样小题大做，真有些书呆子气。王和诸大臣商议了一下，批道，我们现在事情很多，没工夫讨论大学与诸家书纸店的权益；但准大学印刷人出售那些文法书，以救济他的支绌。这算是碰了个软钉子，可也算是胜利。

那呈子，那批，和上文说的那本《圣经》都在这一回展览中。席勃齐印的八本书也有两种在这里。此外还有一六二九年初印的定本《圣经》，书扉雕刻繁细，手艺精工之极。又密尔顿《力息达斯》（Lyci das）的初本也在展览着，那是经他亲手校改过的。

**知识速递：**

**考究：** 指穿衣做事比较端正、得体、讲究。

**承印：** ①捧印。②接受印刷。

**勒书：** 皇帝任官封爵和告诫臣僚的文书。

近代插图书籍展览，在圣诞节前不久，大约是让做父母的给孩子们多买点节礼吧。但在一个外国人，却也值得看看。展览的是七十年来的作品，虽没有什么系统，在这里却可以找着各种美，各种趋势。插图与装饰画不一样，得吟味原书的文字，透出自己的机锋。心要灵，手要熟，二者不可缺一。或实写，或想象，因原书情境，画人性习而异。——童话的插图却只得凭空着笔，想象更自由些；在不自由的成人看来，也许别有一种滋味。看过赵译《阿丽思漫游奇境记》里谭尼尔（John Tenniel）的插画的，当会有同感吧。——所展览的，幽默，秀美，粗豪，典重，各擅胜场，琳琅满目；有人称为"视觉的音乐"颇为近之。

> **知识速递：**
>
> 吟味：吟咏玩味。
>
> 机锋：指机警犀利的话语，也指话语里的锋芒。
>
> 各擅胜场（cháng）：擅，独占；胜场，胜利之场所。各自占有胜利的位置。形容技艺精湛，各有所长。

最有味的，同一作家，各家插画所表现的却大不相同。譬如我默伽亚谟（Omar Khayyam），莎士比亚，几乎在一个人手里一个样子；展览会里书多，比较着看方便，可以扩充眼界。插图有"黑白"的，有彩色的；"黑白"的多，为的省事省钱。就黑白画而论。从前是雕版，后来是照相；照相虽然精细，可是失掉了那种生力，只要拿原稿对看就会觉出。这儿也展览原稿，或是灰笔画，或是水彩画；不但可以"对看"，也可以让那些艺术家更和我们接近些。

《观察报》记者记这回展览会，说插图的书，字往往印得特别大，意在和谐；却实在不便看。他主张书与图分开，字还照寻常大小印。他自然指大本子而言。但那种"和谐"其实也可爱；若说不便，这种书原是让你慢慢玩赏的，那能像读报一样目下数行呢？再说，将配好了的对儿生生拆开，不但大小不称，怕还要多花钱。

诗籍铺（The Poetry Bookshop）真是米米小，在一个大地方的一道小街上。"叫名"街，实在一条小胡同吧。门前不大见车马，不说；就是行人，一天也只寥寥几个。那道街斜对着无人不知的大英博物院；街口钉着小小的一块字号木牌。初次去时，人家教在博物院左近找。问院门口守卫，他不知道有这个铺子，问路上戴着常礼帽的老者，他想没有这么一个铺子；好容易才找着那块小木牌，真是"远在天边，近在眼前"。这铺子从前在另一处，那才冷僻，连装罗克的地图上都没名字，据说那儿是一所老宅子，才真够诗味，挪到现在这样平常的地带，未免太可惜。那时候美国游客常去，一个原因许是美国看不见那样老宅子。

诗人赫洛德孟罗（Harold Monro）在一九一二年创办了这爿诗籍铺。用意在让诗与社会发生点切实的关系。孟罗是二十多年来伦敦文学生涯里一个要紧角色。从一九一一给诗社办《诗刊》（Poetry Review）起知名。在第一期里，他说，"诗与人生的关系得再认真讨论，用于别种艺术的标准也该用于诗。"他觉得能做诗的该做诗，有困难时该帮助他，让他能做下去；一般人也该念诗，受用诗。为了前一件，他要自办杂志，为了后一件，他要办读诗会；为了这两件，他办了诗籍铺。

这铺子印行过《乔治诗选》（Georgian Poetry），乔治是现在英王的名字，意思就是当代诗选，所收的都是代表作家。第一册出版，一时风靡，买诗念诗的都多了起来；社会确乎大受影响。诗选共五册；出第五册时在一九二二，那时乔治诗人的诗兴却渐渐衰了。一九一九到二五年铺子里又印行《市本》月刊（The Chapbook）登载诗歌，评论，木刻等，颇多新进作家。

读诗会也在铺子里，星期四晚上准六点钟起，在一间小楼上。一年中也有些时候定好了没有。从创始以来，差不多没有间断过。前前后后著名的诗人几乎都在这儿读过诗；他们自己的诗，或他们喜欢的诗。入场券六便士，在英国算贱，合四五毛钱。

在伦敦的时候，也去过两回。那时孟罗病了，不大能问事，铺子里颇为黯淡。两回都是他夫人爱立达克莱曼答斯基（Alida Klementaski）读，说是找不着别人。那间小楼也容得下四五十位子，两回去，人都不少；第二回满了座，而且几乎都是女人——还有挨着墙站着听的。屋内只读诗的人小桌上一盏蓝罩子的桌灯亮着，幽幽的。她读济兹和别人的诗，读得很好，口齿既清楚，又有顿挫，内行说，能表出原诗的情味。

英国诗有两种读法，将每个重音咬得清清楚楚，顿挫的地方用力，和说话的调子不相像，约翰德林瓦特（John Drinkwater）便主张这一种。他说，读诗若用说话的调子，太随便，诗会跑了。但是参用一点儿，像克莱曼答斯基女士那样，也似乎自然流利，别有味道。这怕要看什么样的诗，什么样的读诗人，不可一概而论。

但英国读诗，除不吟而诵，与中国根本不同之外，还有一件：他们按着文气停顿，不按着行，也不一定按着韵脚。这因为他们的诗以轻重为节奏，文句组织又不同，往往一句跨两行三行，却非作一句读不可，韵脚便只得轻轻地滑过去。读诗是一种才能，但也需要训练；他们注重这个，训练的机会多，所以是诗人都能来一手。

铺子在楼下，只一间，可是和读诗那座楼远隔着一条甬道。屋子有点黑，四壁是书架，中间桌上放着些诗歌篇子（Sheets），木刻画。篇子有宽长两种，印着诗歌，加上些零星的彩画，是给大人和孩子玩儿的。犄角儿上一张帐桌子，坐着一个戴近视眼镜的，和蔼可亲的，圆脸的中年妇人。桌前装着火炉，炉旁蹲着一只大白狮子猫，和女人一样胖。有时也遇见克莱曼答斯基女士，匆匆地来匆匆地去。

孟罗死在一九三二年三月十五日。第二天晚上到铺子里去，看见两个年轻人在和那女人司账说话；说到诗，说到人生，都是哀悼孟罗的。话音很悲伤，却如清泉流泻，差不多句句像诗；女司账说不出什么，唯唯而已。孟罗在日最尽力于诗人文人的结合，他老让各色的才人聚在一块儿。又好客，家里炉旁（英国终年有用火炉的时候）常有许多人聚谈，到深夜才去。这两位青年的伤感不是偶然的。他的铺子可是赚不了钱；死后由他夫人接手，勉强张罗，现在许还开着。

---

**知识速递：**

甬道：①楼房之间有棚顶的通道。②两旁有墙或其他障蔽物的驰道或通道。③院落中用砖石砌成的路。④走廊；过道。

唯唯而已：只是连声答应，不敢有其他言语。

> 田老师讲：

朱自清是读书人，旅行在外，遇到书店自然是不能错过的。这篇散文记叙了他在欧洲游学中印象最深的三家书店。朱自清选取了三家各有特色的书店进行描写。第一家书店福也尔最大，共占七号门牌，都是四层，旧大楼还带地下室，藏书到了两百万种。"乍进去，好像掉在书海里"。在这样庞大的书店里，一个作家的满足感可想而知。第二家书店彭勃思最"有名"，跟名人名校多有合作。店主跟很多知名作家有来往，狄更斯、兰姆、麦考莱、威治威斯……他们还是剑桥大学授权的书店兼印刷方，开过剑桥书籍的展览。第三家书店诗歌书店最有"诗意"，老板本身就是个诗人，"用意在让诗与社会发生点切实的关系"，他运用自己的能力和资金，帮助许多诗人将他们的作品呈现在公众面前。朱自清写作时，在选材上有所取舍，抓住了三家书店各自的特点进行深入的描写，使读者流连其中，而不觉得无味。

## 拓展阅读

### 英国知名大学

英国拥有众多世界知名的大学，这些学府在学术研究、教学质量和全球影响力方面均享有盛誉。

### 牛津大学（University of Oxford）

牛津大学成立于1167年，是英语国家中最古老的大学，也是世界上现存第二古老的高等教育机构。它在全球学术界拥有极高的声誉，培养了大量杰出人才，包括多位诺贝尔奖得主、国家元首和政要。牛津大学采用导师制教学，注重培养学生的独立思考和创新能力。同时，它也拥有强大的研究实力，是全球许多重要科研成果的诞生地。

# 圣诞节

1934 年 12 月 17 日作，费时三日
原载于 1935 年 2 月 1 日《中学生》第 52 号

　　十二月二十五日圣诞节。英国人过圣诞节，好像我们旧历年的味儿。习俗上宗教上，这一日简直就是"元旦"；据说七世纪时便已如此，十四世纪至十八世纪中叶，虽然将"元旦"改到三月二十五日，但是以后情形又照旧了。至于一月一日，不过名义上的岁首，他们向来是不大看重的。

　　这年头人们行乐的机会越过越多，不在乎等到逢年过节；所以年情节景一回回地淡下去，像从前那样热狂地期待着，热狂地受用着的事情，怕只在老年人的回忆，小孩子的想象中存在着罢了。大都市里特别是这样；在上海就看得出，不用说更繁华的伦敦了。再说这种不景气的日子，谁还有心肠认真找乐儿？所以虽然圣诞节，大家也只点缀点缀，应个景儿罢了。

　　可是邮差却忙坏了，成千成万的贺片经过他们的手。贺片之外还有月份牌。这种月份牌一点儿大，装在卡片上，也有画，也有吉语。花样也不少，却比贺片差远了。贺片分两种，一种填上姓名，一种印上姓名。交游广的用后一种，自然贵些；据说前些年也得勾心斗角地出花样，这一年却多半简简单单的，为的好省些钱。前一种却不同，各家书纸店得

抢买主，所以花色比以先还多些。不过据说也没有十二分新鲜出奇的样子，这个究竟只是应景的玩意儿呀。但是在一个外国人眼里，五光十色，也就够瞧的。曾经到旧城一家大书纸店里看过，样本厚厚的四大册，足有三千种之多。

样本开头是皇家贺片：英王的是圣保罗堂图；王后的内外两幅画，其一是花园图；威尔士亲王的是候人图；约克公爵夫妇的是一六六零年圣詹姆士公园冰戏图；马利公主的是行猎图。圣保罗堂庄严宏大，下临伦敦城；园里的花透着上帝的微笑；候人比喻好运气和欢乐在人生的大道上等着你；圣詹姆士公园（在圣詹姆士宫南）代表宫廷，溜冰和行猎代表英国人运动的嗜好。那幅溜冰图古色古香，而且十足神气。

这些贺片原样很大，也有小号的，谁都可以买来填上自己名字寄给人。此外有全金色的，晶莹照眼；有"蝴蝶翅"的，闪闪的宝蓝光；有雕空嵌花纱的，玲珑剔透，如嚼冰雪。又有羊皮纸仿四折本的；嵌铜片小风车的；嵌彩玻璃片圣母像的；嵌剪纸的鸟的；在猫头鹰头上粘羊毛的；都为的教人有实体感。

太太们也忙得可以的，张罗着亲戚朋友丈夫孩子的礼物，张罗着装饰屋子，圣诞树，火鸡等等。节前一个礼拜，每天电灯初亮时上牛津街一带去看，步道上挨肩擦背匆匆来往的满是办年货的；不用说是太太们多。装饰屋子有两件东西不可没有，便是冬青和"苹果寄生"（mistletoe）的枝子。前者教

堂里也用；后者却只用在人家里；大都插在高处。冬青取其青，有时还带着小红果儿；用以装饰圣诞节，由来已久，有人疑心是基督教徒从罗马风俗里捡来的。"苹果寄生"带着白色小浆果儿，却是英国土俗，至晚十七世纪初就用它了。从前在它底下，少年男人可以和任何女子接吻；但接吻后他得摘掉一粒果子。果子摘完了，就不准再在下面接吻了。

圣诞树也有种种装饰，树上挂着给孩子们的礼物，装饰的繁简大约看人家的情形。我在朋友的房东太太家看见的只是小小一株；据说从乌尔乌斯三六公司（货价只有三便士六便士两码）买来，才六便士，合四五毛钱。可是放在餐桌上，青青的，的里瓜拉挂着些耀眼的玻璃球儿，绕着树更安排些"哀斯基摩人"一类小玩意，也热热闹闹地凑趣儿。

圣诞树的风俗是从德国来的；德国也许是从斯堪第那维亚传下来的。斯堪第那维亚神话里有所谓世界树，叫做"乙格抓西儿"（Yggdrasil），用根和枝子联系着天地幽冥三界。这是株枯树，可是滴着蜜。根下是诸德之泉；树中间坐着一只鹰，一只松鼠，四只公鹿；根旁一条毒蛇，老是啃着根。松鼠上下窜，在顶上的鹰与聪敏的毒蛇之间挑拨是非。树震动不得，震动了，地底下的妖魔便会起来捣乱。想着这段神话，现在的圣诞树真是更显得温暖可亲了。圣诞树和那些冬青，"苹果寄生"，到了来年六日一齐烧去；烧的时候，在场的都动手，为的是分点儿福气。

**知识速递：**

斯堪第那维亚神话：即北欧神话，又称挪威神话，是斯堪的纳维亚地区所特有的一个神话体系，首先在挪威、丹麦和瑞典等地方流行，公元 7 世纪左右随着一批北上的移民传至冰岛等处。

世界树：在北欧神话中，世界树被称为"尤克特拉希尔"，它是一棵巨大的白蜡树，其枝干构成了整个世界。

　　圣诞节的晚上，在朋友的房东太太家里。照例该吃火鸡，酸梅布丁；那位房东太太手头颇窘，却还卖了几件旧家具，买了一只二十二磅重的大火鸡来过节。可惜女仆不小心，烤枯了一点儿；老太太自个儿唠叨了几句，大节下，也就算了。可是火鸡味道也并不怎样特别似的。吃饭时候，大家一面扔纸球，一面扯花炮——两个人扯，有时只响一下，有时还夹着小纸片儿，多半是带着"爱"字儿的吉语。饭后做游戏，有音乐椅子（椅子数目比人少一个；乐声止时，众人抢着坐），掩目吹蜡烛，抓瞎，抢人（分队），抢气球等等，大家居然一团孩子气。最后还有跳舞。这圣诞老人一晚过去，第二天差不多什么都照旧了。

　　新年大家若无其事地过去；有些旧人家愿意上午第一个进门的是个头发深，气色黑些的人，说这样人带进新年是吉利的。朋友的房东太太那早晨特意通电话请一家熟买卖的掌柜上她家去；他正是这样的人。新年也卖历本；人家常用的是老摩尔历本（Old Moore's Almanack），书纸店里买，价钱贱，只两便士。这一年的，面上印着"乔治王陛下登极第二十三年";有一块小图,画着日月星地球,地球外一个圈儿,画着黄道十二宫的像,如"白羊""金牛""双子"等。古来星座的名字,取像于人物,也另有风味。

历本前有一整幅观像图,题道,"将来怎样?""老摩尔告诉你"。从图中看,老摩尔创于一千七百年,到现在已经二百多年了。每月一面,上栏可以说是"推背图",但没有神秘气;下栏分日数,星期,大事记,日出没时间,月出没时间,伦敦潮汐,时事预测各项。此外还有月盈缺表,各港潮汐表,行星运行表,三岛集期表,邮政章程,大路规则,做点心法,养家禽法,家事常识。广告也不少,卖丸药的最多,满是给太太们预备的;因为这种历本原是给太太们预备的。

### 田老师讲:

20世纪30年代初,朱自清实现了去国外游学的愿望。1931年8月至1932年7月,他到英国留学并漫游了法国、德国、荷兰、瑞士、意大利5国,历时11个月。回国后根据这段生活写了两本书——《欧游杂记》和《伦敦杂记》。朱自清《伦敦杂记》一书中有一篇《圣诞节》,写于1934年12月,追忆在英国过圣诞节的情形。

这篇关于圣诞的散文,朱自清在《欧游杂记·序》中谈到了写作意图和创作心境,他说:"用意是在写些游记给中学生看。在中学教过五年书,这便算是小小的礼物吧。"基于此,他"老老实实写出所见所闻,像新闻报道一般"。

近百年前，国人对西方的圣诞节还十分陌生，为此，朱自清不厌其烦，将圣诞节的方方面面一一介绍给读者。先是营造出节前的愉快气氛：可是邮差却忙坏了，成千成万的贺片经过他们的手。贺片之外还有月份牌……太太们也忙得可以的，张罗着亲戚朋友丈夫孩子的礼物，张罗着装饰屋子、圣诞树，做火鸡等等。

朱自清还着重写了圣诞节当晚的情形："为了在圣诞节晚上吃上火鸡，房东太太卖了家具买了一只22磅重的大火鸡。"圣诞节的晚上，欢乐气氛达到高潮——吃饭时候，大家一面扔纸球，一面扯花炮——两个人扯，有时只响一下，有时还夹着小纸片儿，多半是带着"爱"字儿的吉语。饭后做游戏，有音乐椅子，掩目吹蜡烛、抓瞎、抢人（分队）、抢气球等等，大家居然一团孩子气。最后还有跳舞。

这种平安幸福的生活，是每个家庭所期冀的。

## 拓展阅读

### 圣诞节

在公元336年之前，12月25日原是罗马帝国规定的太阳神诞辰，这是一个为了崇拜太阳神而设立的节日。在冬至之后，太阳开始重新升高，白昼变长，人们认为这是太阳神重生的象征，所以在这一天举行盛大的庆典。随着时间的推移，圣诞节逐渐超越了宗教的界限，成为一个全球性的庆典。

**圣诞树**：圣诞树是圣诞节的重要元素之一，起源于德国。人们会在家里装饰一棵常绿植物（如松树），用彩灯、彩球、星星和各种装饰品来点缀，象征生命和希望。

# 吃的

1935 年 2 月 4 日作

提到欧洲的吃喝，谁总会想到巴黎，伦敦是算不上的。不用说别的，就说煎山药蛋吧。法国的切成小骨牌块儿，黄争争的，油汪汪的，香喷喷的；英国的"条儿"（chips）却半黄半黑，不冷不热，干干儿的什么味也没有，只可以当饱罢了。再说英国饭吃来吃去，主菜无非是煎炸牛肉排羊排骨，配上两样素菜；记得在一个人家住过四个月，只吃过一回煎小牛肝儿，算是新花样。

可是菜做得简单，也有好处；材料坏容易见出，像大陆上厨子将坏东西做成好样子，在英国是不会的。大约他们自己也觉着腻味，所以一九二六那一年有一位华衣脱女士（E.White）组织了一个英国民间烹调社，搜求各市各乡的食谱，想给英国菜换点儿花样，让它好吃些。一九三一年十二月烹调社开了一回晚餐会，从十八世纪以来的食谱中选了五样菜（汤和点心在内），据说是又好吃，又不费事。这时候正是英国的国货年，所以报纸上颇为揄扬一番。可是，现在欧洲的风气，吃饭要少要快，那些陈年的老古董，怕总有些不合时宜吧。

知识速递：

揄扬：赞扬，宣扬。

吃饭要快，为的忙，欧洲人不能像咱们那样慢条斯理儿的，大家知道。干吗要少呢？为的卫生，固然不错，还有别的：女的男的都怕胖。女的怕胖，胖了难看；男的也爱那股标劲儿，要像个运动家。这个自然说的是中年人少年人；老头子挺着个大肚子的却有的是。

欧洲人一日三餐，分量颇不一样。像德国，早晨只有咖啡面包，晚间常冷食，只有午饭重些。法国早晨是咖啡，月芽饼，午饭晚饭似乎一般分量。英国却早晚饭并重，午饭轻些。英国讲究早饭，和我国成都等处一样。有麦粥，火腿蛋，面包，茶，有时还有熏咸鱼，果子。午饭顶简单的，可以只吃一块烤面包，一杯咖啡；有些小饭店里出卖午饭盒子，是些冷鱼冷肉之类，却没有卖晚饭盒子的。

伦敦头等饭店总是法国菜，二等的有意大利菜，法国菜，瑞士菜之分；旧城馆子和茶饭店等才是本国味道。茶饭店与煎炸店其实都是小饭店的别称。茶饭店的"饭"原指的午饭，可是卖的东西并不简单，吃晚饭满成；煎炸店除了煎炸牛肉排羊排骨之外，也卖别的。

头等饭店没去过，意大利的馆子却去过两家。一家在牛津街，规模很不小，晚饭时有女杂耍和跳舞。只记得那回第一道菜是生蚝之类；一种特制的盘子，边上围着七八个圆格子，每格放半个生蚝，吃起来很雅相。另一家在由斯敦路，也是个热闹地方。这家却小小的，通心细粉做得最好；将粉切成半分来长的小圈儿，用黄油煎熟了，平铺在盘儿里，洒上干酪（计司）粉，轻松鲜美，妙不可言。还有炸"搦(nuò)气蚝"，鲜嫩清香，蛏蜉，瑶柱，都不能及；只有宁波的蛎黄仿佛近之。

**知识速递：**

蝤蛑（qiú móu）：俗称青蟹、梭子蟹。螯足强大，不大对称，第四对步足像桨，适于游泳，常见的日本蟳（xún）（海蟹的一类。闽、浙、台湾一带泛指十足目蟹类的一个地方性俗称）是主要的食用蟹。

瑶柱：别名干贝、干瑶柱、江瑶柱等，虽是干货，味道却极其鲜美，是粤菜中的高档食材之一，富含有大量的蛋白质、碳水化合物、核黄素以及钙、磷、铁等多种矿物质营养成分。

蛎（lì）黄：牡蛎肉。

　　茶饭店便宜的有三家：拉衣恩司（Lyons），快车奶房，ABC面包房。每家都开了许多店子，遍布市内外；ABC比较少些，也贵些，拉衣恩司最多。快车奶房炸小牛肉小牛肝和红烧鸭块都还可口；他们烧鸭块用木炭火，所以颇有中国风味。ABC炸牛肝也可吃，但火急肝老，总差点儿事；点心烤得却好，有几件比得上北平法国面包房。拉衣恩司似乎没甚

119

么出色的东西；但他家有两处"角店"，都在闹市转角处，那里却有好吃的。角店一是上下两大间，一是三层三大间，都可容一千五百人左右；晚上有乐队奏乐。一进去只见黑压压的坐满了人，过道处窄得可以，但是气象颇为阔大（有个英国学生讥为"穷人的宫殿"，也许不错）；在那里往往找了半天站了半天才等着空位子。

这三家所有的店子都用女侍者，只有两处角店里却用了些男侍者——男侍者工钱贵些。男女侍者都穿了黑制服，女的更戴上白帽子，分层招待客人。也只有在角店里才要给点小费（虽然门上标明"无小费"字样），别处这三家开的铺子里都不用给的。曾去过一处角店，烤鸡做得还入味；但是一只鸡腿就合中国一元五角，若吃鸡翅还要贵点儿。

茶饭店有时备着骨牌等等，供客人消遣，可是向侍者要了玩的极少；客人多的地方，老是有人等位子，干脆就用不着备了。此外还有一种生蚝店，专吃生蚝，不便宜；一位房东太太告诉我说"不卫生"，但是吃的人也不见少。吃生蚝却不宜在夏天，所以英国人说月名中没有"R"（五六七八月），生蚝就不当令了。伦敦中国饭店也有七八家，贵贱差得很大，看地方而定。菜虽也有些高低，可都是变相的广东味儿，远不如上海新雅好。在一家广东楼要过一碗鸡肉馄饨，合中国一元六角，也够贵了。

茶饭店里可以吃到一种甜烧饼（muffin）和窝儿饼（crumpet）。甜烧饼仿佛我们的火烧，但是没馅儿，软软的，略有甜味，好像参了米粉做的。窝儿饼面上有好些小窝窝儿，像蜂房，比较地薄，也像参了米粉。

这两样大约都是法国来的；但甜烧饼来的早，至少二百年前就有了。厨师多住在祝来巷（Drury Lane），就是那著名的戏园子的地方；从前

用盘子顶在头上卖，手里摇着铃子。那时节人家都爱吃，买了来，多多抹上黄油，在客厅或饭厅壁炉上烤得热辣辣的，让油都浸进去，一口咬下来，要不沾到两边口角上。这种偷闲的生活是很有意思的。但是后来的窝儿饼浸油更容易，更香，又不太厚，太软，有咬嚼些，样式也波俏；人们渐渐地喜欢它，就少买那甜烧饼了。

一位女士看了这种光景，心下难过；便写信给《泰晤士报》，为甜烧饼抱不平。《泰晤士报》特地做了一篇小社论，劝人吃甜烧饼以存古风；但对于那位女士所说的窝儿饼的坏话，却宁愿存而不论，大约那论者也是爱吃窝儿饼的。

复活节（三月）时候，人家吃煎饼（pancake），茶饭店里也卖；这原是忏悔节（二月底）忏悔人晚饭后去教堂之前吃了好熬饿的，现在却在早晨吃了。饼薄而脆，微甜。北平中原公司卖的"胖开克"（煎饼的音译）却未免太"胖"，而且软了。——说到煎饼，想起一件事来：美国麻省勃克夏地方（Berkshire Country）有"吃煎饼竞争"的风俗，据《泰晤士报》说，一九三二的优胜者一气吃下四十二张饼，还有腊肠热咖啡。这可算"真正大肚皮"了。

英国人每日下午四时半左右要喝一回茶，就着烤面包黄油。请茶会时，自然还有别的，如火腿夹面包，生豌豆苗夹面包，茶馒头（tea scone）等等。他们很看重下午茶，几乎必不可少。又可乘此请客，比请晚饭简便省钱得多。英国人喜欢喝茶，对于喝咖啡，和法国人相反；他们也煮不好咖啡。喝的茶现在多半是印度茶；茶饭店里虽卖中国茶，但是主顾寥寥。不让利权外溢固然也有关系，可是不利于中国茶的宣传

（如说制时不干净）和茶味太淡才是主要原因。印度茶色浓味苦，加上牛奶和糖正合式；中国红茶不够劲儿，可是香气好。奇怪的是茶饭店里卖的，色香味都淡得没影子。那样茶怎么会运出去，真莫名其妙。

街上偶然会碰着提着筐子卖落花生的（巴黎也有），推着四轮车卖炒栗子的，教人有故国之思。花生栗子都装好一小口袋一小口袋的，栗子车上有炭炉子，一面炒，一面装，一面卖。这些小本经纪在伦敦街上也颇古色古香，点缀一气。栗子是干炒，与我们"糖炒"的差得太多了。——英国人吃饭时也有干果，如核桃，榛子，榧子，还有巴西乌菱（原名 Brazils，巴西出产，中国通称"美国乌菱"），乌菱实大而肥，香脆爽口，运到中国的太干，便不大好。他们专有一种干果夹，像钳子，将干果夹进去，使劲一握夹子柄，"格"的一声，皮壳碎裂，有些蹦到远处，也好玩儿的。苏州有瓜子夹，像剪刀，却只透着玲珑小巧，用不上劲儿去。

**田老师讲：**

朱自清是个美食家，他少时长居扬州，淮扬菜养习了他的舌头，后来天南地北地旅居，各地美味更是丰富了他对美食的品鉴。欧洲的食物于他而言实在是乏善可陈，他们的饮食习惯也与中国有所不同。因此他讲来讲去，荤菜只有些煎炸牛肉排羊排骨、冷鱼冷肉，主食不过是甜饼、松饼、煎饼，零食偶尔有些花生、栗子、核桃、榧子。

常言道，一方水土养一方人，实际上，一方水土养的是一方胃。一方水土养一方胃，养的实际上是口味与习惯，它融入血液之中，让人终生都不会忘记，在异乡时，难免会成为乡愁的一部分。

## 拓展阅读

### 世界特色饮食

外国饮食特点因地域、文化和历史背景的不同而呈现出多样性。

①法国：法国菜在西餐中一直处于代表性地位，以其选料广泛、加工精细、烹调考究而著称。讲究色、香、味、形的配合，以及酒与菜肴的搭配。法国还以其著名的奶酪和葡萄酒闻名于世，如白兰地、香槟等。

②英国：英国菜以清淡少油、讲究原汁原味为特点。烹调方法以烧烤、铁扒、清煮、炸见长，较少使用香料和酒。餐桌上常有多种调味品供客人选择。英国人还有喝下午茶的习惯，茶点丰富多样。

③德国：德国人食量较大，菜式粗犷，讲究经济实惠。口味喜咸酸甜，调味较为浓重，常用芥末、白酒、牛油等调料。烹饪方法以烤、焖、串烧、烩为主。德国人还特别能喝啤酒，人均饮量居世界第一。

# 文人宅

1935 年 3 月 23 日作，费时三日
原载于 1935 年 5 月 1 日《中学生》第 55 号

  杜甫《最能行》云，"若道士无英俊才，何得山有屈原宅？"《水经注》，秭归"县北一百六十里有屈原故宅，累石为屋基"。看来只是一堆烂石头，杜甫不过说得嘴响罢了。但代远年湮，渺茫也是当然。往近里说，《孽海花》上的"李纯客"就是李慈铭，书里记着他自撰的楹联，上句云，"保安寺街藏书一万卷"；但现在走过北平保安寺街的人，谁知道那一所屋子是他住过的？更不用提屋子里怎么个情形，他住着时怎么个情形了。要凭吊，要留连，只好在街上站一会儿出出神而已。

**知识速递：**

《最能行》：唐代诗人杜甫创作的一首诗。此诗前六句写长江三峡一带人们的生活习惯，中间六句江上水手行船的高超技能，结尾四句写当地人们的气量狭窄，表达了诗人对劳动人民的同情和热爱。

原文：

峡中丈夫绝轻死，少在公门多在水。

富豪有钱驾大舸，贫穷取给行蝶子。

小儿学问止论语，大儿结束随商旅。

欹帆侧舵入波涛，撇漩捎濆无险阻。

朝发白帝暮江陵，顷来目击信有征。

瞿塘漫天虎须怒，归州长年行最能。

此乡之人气量窄，误竞南风疏北客。

若道士无英俊才，何得山有屈原宅？

"若道士无英俊才，何得山有屈原宅？"译文：如果说这一带的男子中没有英年才俊，那山那边的秭归怎么会有出过伟大诗人屈原的宅子？

《水经注》：古代中国地理名著，共40卷。作者是北魏晚期的郦道元。详细记载了一千多条大小河流及有关的历史遗迹、人物掌故、神话传说等，是中国古代最全面、最系统的综合性地理著作。

代远年湮(yān)：过去的年代已距今十分久远，无法记忆，无从考证。

《孽海花》：清末民初金松岑、曾朴创作的长篇谴责小说。全书35回。作为近代历史小说的代表，后世评价甚高。

李慈铭（1830—1894年），号莼客，浙江会稽（今浙江绍兴）人，晚清官员、文史学家、学者、文学家。

西方人崇拜英雄可真当回事儿，名人故宅往往保存得好。譬如莎士比亚吧，老宅子，新宅子，太太老太太宅子，都好好的；连家具什物都存着。莎士比亚也许特别些，就是别人，若有故宅可认的话，至少也在墙上用木牌标明，让访古者有低徊之处；无论宅里住着人或已经改了铺子。这回在伦敦所见的四文人宅，时代近，宅内情形比莎士比亚的还好；四所宅子大概都由私人捐款收买，布置起来，再交给公家的。

莎士比亚故居

约翰生博士（Samuel Johnson, 1709—1784）宅，在旧城，是三层楼房，在一个小方场的一角上，静静的。他一七四八年进宅，直住了十一年；他太太死在这里。他和助手就在三层楼上小屋里编成了他那部大字典。那部寓言小说（allegorical novel）《刺塞拉斯》（《Rasselas》）大概也在这屋子里写成；是晚上写的，只写了一礼拜，为的要付母亲下葬的费用。屋里各处，如门堂，复壁板，楼梯，碗橱，厨房等，无不古气盎然。

那著名的大字典陈列在楼下客室里；是第三版，厚厚的两大册。他编著这部字典，意在保全英语的纯粹，并确定字义；因为当时作家采用法国字的实在太多了。字典中所定字义有些很幽默：如"女诗人，母诗人也"（she-poet，盖准 she-goat——母山羊——字例），又如"燕麦，谷之一种，英格兰以饲马，而苏格兰则以为民食也"，都够损的。——伦敦约翰生社便用这宅子作会所。

济兹宅，在市北汉姆司台德区（Hampstead）。他生卒虽然都不在这屋子里，可是在这儿住，在这儿恋爱，在这儿受人攻击，在这儿写下不朽的诗歌。那时汉姆司台德区还是乡下，以风景著名，不像现时人烟稠密。

济兹和他的朋友布朗（Charles Armitage Brown）同住。屋后是个大花园，绿草繁花，静如隔世；中间一棵老梅树，一九二一年干死了，干子还在。据布朗的追记，济兹《夜莺歌》似乎就在这棵树下写成。布朗说，"一八一九年春天，有只夜莺做窠在这屋子近处。济兹常静听它歌唱以自怡悦；一天早晨吃完早饭，他端起一张椅子坐到草地上梅树下，直坐了两三点钟。进屋子的时候，见他拿着几张纸片儿，塞向书后面去。问他，才知道是歌咏我们的夜莺之作。"这里说的梅树，也许就是花园里那一棵。但是屋前还有草地，地上也是一棵三百岁老桑树，枝叶扶疏，至今结桑椹；有人想《夜莺歌》也许在这棵树下写的。济兹的好诗在这宅子里写的最多。

他们隔壁住过一家姓布龙（Brawne）的。有位小姐叫凡耐（Fanny），让济兹爱上了，他俩订了婚，他的朋友颇有人不以为然，为的女的配不上；可是女家也大不乐意，为的济兹身体弱，又像疯疯癫癫的。济兹自己写小姐道："她个儿和我差不多——长长的脸蛋儿——多愁善感——头梳得好——鼻子不坏，就是有点小毛病——嘴有坏处有好处——脸侧面看好，正面看，又瘦又少血色，像没有骨头。身架苗条，姿态如之——胳膊好，手差点儿——脚还可以——她不止十七岁，可是天真烂漫——举动奇奇怪怪的，到处跳跳蹦蹦，给人编诨名，近来愣叫我'自美自的女孩子'——我想这并非生性坏，不过爱闹一点漂亮劲儿罢了。"


**知识速递：**

窠(kē)：鸟兽昆虫的窝。

诨名：外号。指姓名以外的称呼，也称绰号、诨号。

一八二〇年二月，济兹从外面回来，吐了一口血。他母亲和三弟都死在痨病上，他也是个痨病底子；从此便一天坏似一天。这一年九月，他的朋友赛焚（Joseph Severn）伴他上罗马去养病；次年二月就死在那里，葬新教坟场，才二十六岁。

现在这屋子里陈列着一圈头发，大约是赛焚在他死后从他头上剪下来的。又次年，赛焚向人谈起，说他保存着可怜的济兹一点头发，等个朋友捎回英国去；他说他有个怪想头，想照他的希腊琴的样子作根别针，就用济兹头发当弦子，送给可怜的布龙小姐，只恨找不到这样的手艺人。济兹头发的颜色在各人眼里不大一样：有的说赤褐色，有的说棕色，有的说暖棕色，他二弟两口子说是金红色，赛焚追画他的像，却又画作深厚的棕黄色。布龙小姐的头发，这儿也一并存着。

**知识速递：**

痨病：结核病，是由结核分支杆菌引起的一种慢性传染病。结核分支杆菌可以侵害人体的各种器官，以肺结核多见。侵入不同部位表现不一。

他俩订婚戒指也在这儿，镶着一块红宝石。还有一册仿四折本《莎士比亚》，是济兹常用的。他对于莎士比亚，下过一番苦工夫；书中页边行里都画着道儿，也有些精湛的评语。空白处亲笔写着他见密尔顿发和独坐重读《黎琊王》剧作两首诗；书名页上记着"给布龙凡耐，一八二〇"，照年份看，准是上意大利去时送了作纪念的。珂罗版印的《夜莺歌》墨迹，有一份在这儿，另有哈代《汉姆司台德宅作》一诗手稿，是哈代夫人捐赠的，宅中出售影印本。济兹书法以秀丽胜，哈代的以苍老胜。

**知识速递：**

托马斯·哈代（1840—1928年）：英国诗人、小说家。哈代一生共发表了近20部长篇小说，代表作有《德伯家的苔丝》《无名的裘德》《还乡》等。

    这屋子保存下来却并不易。一九二一年，业主想出售，由人翻盖招租。地段好，脱手一定快的；本区市长知道了，赶紧组织委员会募款一万镑。款还募得不多，投机的建筑公司已经争先向业主讲价钱。在这千钧一发的当儿，亏得市长和本区四委员迅速行动，用私人名义担保付款，才得挽回危局。后来共收到捐款四千六百五十镑（约合七八万元），多一半是美国人捐的；那时正当大战之后，为这件事在英国募款是不容易的。

    加莱尔（Thomas Carlyle，1795—1881）宅，在泰晤士河旁乞而西区（Chelsea）；这一区至今是文人艺士荟萃之处。加莱尔是维多利亚时代初期的散文家，当时号为"乞而西圣人"。一八三四年住到这宅子里，一直到死。书房在三层楼上，他最后一本书《弗来德力大帝传》就在这儿写的。这间房前面临街，后面是小园子；他让前后都砌上夹墙，为的怕那街上的嚣声，园中的鸡叫。

    他著书时坐的椅子还在；还有一件呢浴衣。据说他最爱穿浴衣，有不少件；苏格兰国家画院所藏他的画像，便穿着灰呢浴衣，坐在沙发上读书，自有一番宽舒的气象。画中读书用的架子还可看见。宅里存着他几封信，女司事愿意念给访问的人听，朗朗有味。二楼加莱尔夫人屋里放着架小屏，上面横的竖的斜的正的贴满了世界各处风景和人物的画片。

迭更斯（Charles Dickens，1812-1870）宅，在"西头"，现在是热闹地方。迭更斯出身贫贱，熟悉下流社会情形；他小说里写这种情形，最是酣畅淋漓之至。这使他成为"本世纪最通俗的小说家，又，英国大幽默家之一"，如他的老友浮斯大（John Forster）给他作的传开端所说。他一八三六年动手写《比克维克秘记》（《Pickwick Papers》），在月刊上发表。起初是绅士比克维克等行猎故事，不甚为世所重；后来仆人山姆（Sam Weller）出现，诙谐嘲讽，百变不穷，那月刊顿时风行起来。迭更斯手头渐宽，这才迁入这宅子里，时在一八三七年。

他在这里写完了《比克维克秘记》，就是这一年印成单行本。他算是一举成名，从此直到他死时，三十四年间，总是蒸蒸日上。来这屋子不多日子，他借了一个饭店举行《秘记》发表周年纪念，又举行他夫妇结婚周年纪念。住了约莫两年，又写成《块肉余生述》，《滑稽外史》等。这其间生了两个女儿，房子挤不下了；一八三九年终，他便搬到别处去了。

屋子里最热闹的是画，画着他小说中的人物，墙上大大小小，突梯滑稽，满是的。所以一屋子春气。他的人物虽只是类型，不免奇幻荒唐之处，可是有真味，有人味；因此这么让人欢喜赞叹。屋子下层一间厨房，所谓"丁来谷厨房"，道地老式英国厨房，是特地布置起来的——"丁来谷"是比克维克一行下乡时寄住的地方。厨房架子上摆着带釉陶器，也都画着迭更斯的人物。这宅里还存着他的手杖，头发；一朵玫瑰花，是从他尸身上取下来的；一块小窗户，是他十一岁时住的楼顶小屋里的；一张书桌，他带到美洲去过，临死时给了二女儿，现时罩着紫色天鹅绒，蛮伶俐的。此外有他从这屋子寄出的两封信，算回了老家。

这四所宅子里的东西，多半是人家捐赠；有些是特地买了送来的。也有借得来陈列的。管事的人总是在留意搜寻着，颇为苦心热肠。经常用费大部靠基金和门票、指南等余利；但门票卖的并不多，指南照顾的更少，大约维持也不大容易。

格雷（Thomas Gray，1716—1771）以《挽歌辞》（《Elegy Written in a Country Churchyard》）著名。原题中所云"作于乡村教堂墓地中"，指司妥克波忌士（Stoke Poges）的教堂而言。诗作于一七四二格雷二十五岁时，成于一七五〇，当时诗人怀古之情，死生之感，亲近自然之意，诗中都委婉达出，而句律精妙，音节谐美，批评家以为最足代表英国诗，称为诗中之诗。诗出后，风靡一时，诵读模拟，遍于欧洲各国；历来引用极多，至今已成为英美文学教育的一部分。

司妥克波忌士在伦敦西南，从那著名的温泽堡（Windsor Castle）去是很近的。四月一个下午，微雨之后，我们到了那里。一路幽静，似乎鸟声也不大听见。拐了一个小弯儿，眼前一片平铺的碧草，点缀着稀疏的墓碑；教堂木然孤立，像戏台上布景似的。小路旁一所小屋子，门口有小木牌写着格雷陈列室之类。

出来一位白发老人，殷勤地引我们去看格雷墓，长方形，特别大，是和他母亲、姨母合葬的，紧挨着教堂墙下。又看水松树（yew-tree），老人说格雷在那树下写《挽歌辞》来着；《挽歌辞》里提到水松树，倒是确实的。我们又兜了个大圈子，才回到小屋里，看《挽歌辞》真迹的影印本。还有几件和格雷关系很疏的旧东西。屋后有井，老人自己汲水灌园，让我们想起"灌园叟"来；临别他送我们每人一张教堂影片。

知识速递：

托马斯·格雷：英国18世纪重要抒情诗人。他毕业于剑桥大学，一生的大部分时间在剑桥大学从事教学与研究工作。《墓畔挽歌》是其代表作。

田老师讲：

位于伦敦的切尔西的历史街区，曾经是伦敦的文学中心，是保存最完好的第18区之一。朱自清在游学期间，曾拜访了那里几座著名文人的故居。其中包括编写了《英语大辞典》的约翰逊博士、英国浪漫诗人济慈、苏格兰哲学家卡莱尔、英国作家狄更斯、英国诗人托马斯·格雷。

通过朱自清的描绘我们仿佛身临其境地感受到那一座座文人宅的静谧与古朴，了解了他们在那里度过的岁月，让我们看到了文人的生活状态和精神追求。一座座故居就是一段段历史、一个个至今还在讲述的故事。朱自清对文人的敬仰和对文化遗产的珍视，从字里行间不经意地流露出来。

## 文人语录

### (1)【塞缪尔·约翰逊丨语录】

爱国主义是流氓最后的避难所。

旅行不是离开家，而是寻找回家的路。

勇气才是最伟大的美德，因为倘若没有勇气，你可能连施展其他任何美德的机会都没有。

天使从不炫耀自己的功绩与善举，因为他觉得自己做得还不够好。魔鬼却四处宣扬自己的高尚，因为他需要谎言掩盖他所犯下的罪孽。

### (2)【济慈丨语录】

他们一声声叹息着，哀唤着，走向永生的沉沦，——而世上鲜花会盛开，壮丽不朽的事物会接踵而来。

未经历的事是不真实的——即便是格言，也是在你用人生将其诠释之后，才是真实的。

人们应该彼此容忍：每个人都有弱点，在他最薄弱的方面，每个人都能被切割捣碎。

四季测量着一年的行程。

### (3)【托马斯·卡莱尔丨语录】

思想是人类行为之本，感情是人类思想的起源；而决定人类身躯和存在的乃是人类无形的精神世界。

书籍——当代真正的大学。

人的任务不是去看清远处模糊的东西，而是去做好身边清楚的事情。

使一个人悲惨的不是死，是活得可怜，而不知为什么；是工作得筋骨酸痛而无所得；是辛酸，疲惫，却又孤立无援，被冷冰冰的普遍的自由放任主义紧紧裹在中间；是整个一生都在慢慢死去，被禁闭在一种不闻不动，无边的不正义之中。

# 加尔东尼市场

1935 年 4 月 11 日作

原载 1935 年 4 月 14 日《大公报·文艺副刊》第 147 期

在北平住下来的人，总知道逛庙会逛小市的趣味。你来回踱着，这儿看看，那儿站站；有中意的东西，磋磨磋磨价钱，买点儿回去让人一看，说真好；再提价钱，说那有这么巧的。你这一乐，可没白辛苦一趟！要什么都没买成，那也不碍；就凭看中的一两件三四件东西，也够你讲讲说说的。再说在市上留连一会子，到底过了"蘑菇"的瘾，还有什么抱怨的？

知识速递：

磋磨：研讨；商议。

"蘑菇"：此处应为磨蹭、磨叽之意。通常用来描述某人做事拖沓或缓慢的行为，或者在做某事时停滞不前，比如东停停西碰碰，也可以指故意消磨时间的行为。

伦敦人纷纷上加尔东尼市场（Caldonian Market），也正是这股劲儿。房东太太客厅里炉台儿上放着一个手榴弹壳，是盛烟灰用的。比甜瓜小一点，面上擦得精亮，方方的小块儿，界着又粗又深的黑道儿，就是蛮得好，傻得好。房东太太说还是她家先生在世时逛加尔东尼市场买回来的。她说这个市场卖旧货，可以还价，花样不少，有些是偷来的，倒也有好东西；去的人可真多。市场只在星期二星期五上午十时至下午四时开放，有些像庙会；市场外另有几家旧书旧货铺子，却似乎常做买卖，又有些像小市。

先到外头一家旧书铺。没窗没门。仰面灰蓬蓬的，土地，刚下完雨，门口还积着个小小水潭儿。从乱书堆中间进去，一看倒也分门别类的。"文学"在里间，空气变了味，扑鼻子一阵阵的——到如今三年了，不忘记，可也叫不出什么味。《圣经》最多，整整一箱子。不相干的小说左一堆右一堆；却也挑出了一本莎翁全集，几本正正经经诗选。莎翁全集当然是普通本子，可是只花了九便士，才合五六毛钱。铺子里还卖旧话匣片子，不住地开着让人听，三五个男女伙计穿梭似地张罗着。别几家铺子没进去，外边瞧了瞧，也一团灰土气。

市场门口有小牌子写着开放日期，又有一块写着"谨防扒手"——伦敦别处倒没见过这玩意儿。地面大小和北平东安市场差不多，一半带屋顶，一半露天；干净整齐，却远不如东安市场。满是摊儿，屋里没有地摊儿，露天里有。

摆摊儿的，男女老少，色色俱全；还有缠着头的印度人。卖的是日用什物，布匹，小摆设；花样也不怎样多，多一半古旧过了头。有几件日本磁器，中国货色却不见。也有卖吃的，卖杂耍的。

踱了半天，看见一个铜狮子镇纸，够重的，狮子颇有点威武；要价三先令（二元余），还了一先令，没买成。快散了，却瞥见地下大大的厚厚的一本册子，拿起来翻着，原来是书纸店里私家贺年片的样本。这些旧贺年片虽是废物，却印得很好看，又各不相同；问价钱才四便士，合两毛多，便马上买了。出门时又买了个擦皮鞋的绒卷儿，也贱——到现在还用着。这时正愁大册子夹着不便，抬头却见面前立着个卖硬纸口袋的，大小都有，买了东西的人，大概全得买上那么一只；这当口门外沿路一直到大街上，挨挨擦擦的，差不离尽是提纸口袋的。——我口袋里那册贺年片样本，回国来让太太小姐孩子们瞧，都爱不释手；让她们猜价儿，至少说四元钱。我忍不住要想，逛那么一趟加尔东尼，也算值得了。

**知识速递：**

镇纸：镇纸是中国古代传统工艺品。指写字作画时用以压纸的东西，常见的多为长方条形，因故也称作镇尺、压尺。

先令（shilling）：最初是一种金币，起源非常早，可以追溯到罗马帝国时代的苏勒德斯币。英国最早使用先令。1英镑=20先令，1先令=12便士。先令在1971年英国货币改革时被废除。

## 田老师讲：

想要了解一座城市，最好的方法就是逛当地人常去的市场，不但能知晓当地人的风土人情，还能淘到宝。朱自清在伦敦期间，去逛了当地最大的市场——加尔东尼市场。在那里，他似乎找到了在北平时的感觉。

他最初从房东太太那里了解到这个市场，这里朱自清用了房东的话告诉我们市场规矩："她说这个市场卖旧货，可以还价，花样不少，有些是偷来的，倒也有好东西。"

作者亲身而至，首先是环境描写，灰蓬蓬的天，湿漉漉的地，来往穿梭的伙计，不住地开着的话匣子，只简简单单的几个词，就把市场的样貌交代得清清楚楚。接着写市场上买卖的人和货品，男女老少，色色俱全，但花样却不怎么多，中国货色也不见。言语中未尽的是心中的遗憾。

结尾处的几句话，很好地呈现了作者的心情，他买了一本大大厚厚的贺年片样本，好看得很，才两角钱。作者的心情大大地好起来，欣欣然写下，一趟加尔东尼之行，算是值了。

## 拓展阅读

### 主要的特色市场类型及其他

**（1）农产品市场**

**绿色农产品市场**：专注于销售有机、绿色、无公害的农产品，满足消费者对健康食品的需求。

**特色农产品市场**：如地方特产市场，销售具有地域特色的农产品，如新疆的干果、云南的菌类等。

**（2）手工艺品市场**

**传统手工艺品市场**：销售各种传统手工艺品，如刺绣、陶瓷、木雕等，传承和弘扬传统文化。

**创意手工艺品市场**：结合现代设计元素，销售具有创新性和独特性的手工艺品，满足年轻消费者的审美需求。

# 公园

1935 年 12 月 12 日作

英国是个尊重自由的国家，从伦敦海德公园（Hyde Park）可以看出。学政治的人一定知道这个名字；近年日报的海外电讯里也偶然有这个公园出现。每逢星期日下午，各党各派的人都到这儿来宣传他们的道理。公说公有理，婆说婆有理，井水不犯河水。从耶稣教到共产党，差不多样样有。每一处说话的总是一个人。他站在桌子上，椅子上，或是别的什么上，反正在听众当中露出那张嘴脸就成；这些桌椅等等可得他们自己预备，公园里的长椅子是只让人歇着的。听的人或多或少。有一回一个讲耶稣教的，没一个人听，却还打起精神在讲；他盼望来来去去的游人里也许有一两个三四个五六个……爱听他的，只要有人驻一下脚，他的口舌就算不白费了。

见过一回共产党示威，演说的东也是，西也是；有的站在大车上，颇有点巍巍然。按说那种马拉的大车平常不让进园，这回大约办了个特许。其中有个女的约莫四十上下，嗓子最大，说的也最长；说的是伦敦土话，凡是开口音，总将嘴张到不能再大的地步，一面用胳膊助势。说到后来，嗓子沙了，还是一字不苟的喊下去。天快黑了，他们整队出园喊着口号，标语旗帜也是五光十色的。队伍两旁，又高又大的马巡缓缓跟着，不说话。出的是北门，外面便是热闹的牛津街。

北门这里一片空旷的沙地，最宜于露天演说家，来的最多。也许就在共产党队伍走后吧，这里有人说到中日的事；那时刚过"一二八"不久，他颇为我们抱不平。他又赞美甘地；却与贾波林相提并论，说贾波林也是为平民打抱不平的。这一比将听众引得笑起来了；不止一个人和他辩论，一位老太太甚至嘀咕着掉头而去。这个演说的即使不是共产党，大约也不是"高等"英人吧。公园里也闹过一回大事：一八六六年国会改革的暴动（劳工争选举权），周围铁栏干毁了半里多路长，警察受伤了二百五十名。

**知识速递：**

甘地（1869—1948年）：全名莫罕达斯·卡拉姆昌德·甘地，人们尊称他为"圣雄甘地"，印度民族解放运动的领导人、印度国民大会党领袖。

圣雄甘地

贾波林（1889—1977年）：即查理·卓别林，英国影视男演员、导演、编剧。作品有《淘金记》《马戏团》《城市之光》《摩登时代》《大独裁者》。

卓别林

公园周围满是铁栏干，车门九个，游人出入的门无数，占地二千二百多亩，绕园九里，是伦敦公园中最大的，来的人也最多。园南北都是闹市，园中心却静静的。灌木丛里各色各样野鸟，清脆的繁碎的语声，夏天绿草地上，洁白的绵羊的身影，教人像下了乡，忘记在世界大城里。那草地一片迷的绿，一片芊绵的绿，像水，像烟，像梦；难得的，冬天也这样。西南角上蜿蜒着一条蛇水，算来也占地三百亩，养着好些水鸟，如苍鹭之类。可以摇船，游泳；并有救生会，让下水的人放心大胆。这条水便是雪莱的情人西河女士（Harriet Westbrook）自沉的地方，那是一百二十年前的事了。

南门内有拜伦立像，是五十年前希腊政府捐款造的；又有座古英雄阿契来斯像，是惠灵顿公爵本乡人造了来纪念他的，用的是十二尊法国炮的铜，到如今却有一百多年了。还有英国现负盛名的雕塑家爱勃司坦（Epstein）的壁雕，是纪念自然学家赫德生的。一个似乎要飞的人，张着臂，仰着头，散着发，有原始的朴拙犷悍之气，表现的是自然精神的化身；左右四只鸟在飞，大小旁正都不相同，也有股野劲儿。

这件雕刻的价值，引起过许多讨论。南门内到蛇水边一带游人最盛。夏季每天上午有铜乐队演奏；在栏外听算白饶，进栏得花点票钱，但有椅子坐。游人自然步行的多，也有跑车的，骑马的；骑马的另有一条"马"路。

**知识速递：**

芊绵：形容草木繁密茂盛的样子。

阿契来斯：即阿喀琉斯，希腊神话中的英雄，海洋女神忒提斯和凡人英雄珀琉斯之子。他除了脚踝是致命死穴，全身刀枪不入，诸神难侵。

阿喀琉斯

爱勃司坦（1880—1959年）：即雅各布·爱泼斯坦，20世纪初英国最为激进、颇受争议的雕塑家，他引领了英国现代主义与直接雕刻相结合的一种风潮。爱泼斯坦对当时雕塑界许多年轻、活跃的雕塑家产生过极为重要的影响。

　　这园子本来是鹿苑，在里面行猎；一六三五年英王查理斯第一才将它开放，作赛马和竞走之用。后来变成决斗场。一八五一年第一次万国博览会开在这里，用玻璃和铁搭盖的会场；闭会后拆了盖在别处，专作展览的处所，便是那有名的水晶宫了。蛇水本没有，只有六个池子；是十八世纪初叶才打通的。

　　海德公园东南差不多毗连着的，是圣詹姆士公园（St.James' Park），约有五百六七十亩。本是沮洳的草地，英王亨利第八抽了水，砌了围墙，改成鹿苑。查理斯第二扩充园址，铺了路，改为游玩的地方；以后一百年里，便成了伦敦最时髦的散步场。十九世纪初才改造为现在的公园样子。有湖，有悬桥；湖里鹈鹕 (tí hú) 最多，倚在桥栏上看它们水里玩儿，可以消遣日子。周围是白金罕宫，西寺，国会，各部官署，都是最忙碌的所在；倚在桥栏上的人却能偷闲赏鉴那西寺和国会的戈昔式尖顶的轮廓，也算福气了。

**知识速递：**

沮洳 (jù rù)：由腐烂植物埋在地下而形成的泥沼。

海德公园东北有摄政公园，原也是鹿苑；十九世纪初"摄政王"（后为英王乔治第四）才修成现在样子。也有湖，摇的船最好；坐位下有小轮子，可以进退自如，滚来滚去顶好玩儿的。野鸽子野鸟很多，松鼠也不少。松鼠原是动物园那边放过来的，只几对罢了；现在却繁殖起来了。常见些老头儿带着食物到园里来喂麻雀，鸽子，松鼠。这些小东西和人混熟了，大大方方到人手里来吃食；看去怪亲热的。别的公园里也有这种人。这似乎比提鸟笼有意思些。

动物园在摄政园东北犄角上，属于动物学会，也有了百多年的历史。搜集最完备，有动物四千，其中哺乳类八百，鸟类二千四百。

去的据说每年超过二百万人。不用问孩子们去的一定不少；他们对于动物比成人亲近得多，关切得多。只看见教科书上或字典上的彩色动物图，就够捉摸的，不用提实在的东西了。就是成人，可不也愿意开开眼，看看没看过的，山里来的，海里来的，异域来的，珍禽，奇兽，怪鱼？要没有动物园，或许一辈子和这些东西都见不着面呢。再说像狮子老虎，那能随便见面！除非打猎或看马戏班。但打猎遇着这些，正是拼死活的时候，那里来得及玩味它们的生活状态？马戏班里的呢，也只表演些扭捏的玩艺儿，时候又短，又隔得老远的：那有动物园里的自然，得看？

这还只说的好奇的人；艺术家更可仔细观察研究，成功新创作，如画和雕塑，十九世纪以来，用动物为题材的便不少。近些年电影里的动物趣味，想来也是这么培养出来的；不过那却非动物园所可限了。

伦敦人对动物园的趣味很大，有的报馆专派有动物园的访员，给园中动物作起居注，并报告新来到的东西；他们的通信有些地方就像童话一样。去动物园的人最乐意看喂食的时候，也便是动物和人最亲近的时候。喂食有时得用外交手腕，譬如鱼池吧，若随手将食撒下去，让大家来抢，游得快的，厉害的，不用说占了便宜，剩下的便该活活饿死了。这当然不公道，那一视同仁的管理人一定不愿意的。他得想法子，比方说，分批来喂，那些快的，厉害的，吃完了，便用网将它们拦在一边，再照料别的。

各种动物喂食都有一定钟点，著名的裴罗克《伦敦指南》便有一节专记这个。孩子们最乐意的还有骑象，骑骆驼（骆驼在伦敦也算异域珍奇）。再有，游客若能和管理各动物的工人攀谈攀谈，他们会亲切地讲这个那个动物的故事给你听，像传记的片段一般；那时你再去看他说的那些东西，便更有意思了。

园里最好玩儿的事，黑猩猩茶会，白熊洗澡。茶会夏天每日下午五点半举行，有茶，有牛油面包。它们会用两只前足，学人的样子。有时"生手"加入，却往往只用一只前足，牛油也是它来，面包也是它来；这种虽是天然，看的人倒好笑了。白熊就是北极熊，从冰天雪地里来，却最喜欢夏天；越热越高兴，赤日炎炎的中午，它们能整个儿躺在太阳里。也爱下水洗澡，身上老是雪白。它们待在熊台上，有深沟为界；台旁有池，洗澡便在池里。池的一边，隔着一层玻璃可以看它们载浮载沉的姿势。但是一冷到华氏表五十度下，就不肯下水，身上的白雪也便慢慢让尘土封上了。

　　非洲南部的企鹅也是人们特别乐意看的。它有一岁半婴孩这么大，不会飞，会下水，黑翅膀，灰色胸脯子挺得高高的，昂首缓步，旁若无人。它的特别处就在于直立着。比鹅大不多少，比鸵鸟，鹤，小得多，可是一直立就有人气，便当另眼相看了。自然，别的鸟也有直立着的，可是太小了，说不上。企鹅又拙得好，现代装饰图案有用它的。只是不耐冷，一到冬天，便没精打采的了。

　　鱼房鸟房也特别值得看。鱼房分淡水房海水房热带房（也是淡水）。屋内黑洞洞的，壁上嵌着一排镜框似的玻璃，横长方。每框里一种鱼，在水里游来游去，都用电灯光照着，像画。鸟房有两处，热带房里颜色声音最丰富，最新鲜；有种上截脆蓝下截褐红的小鸟，不住地飞上飞下，不住地咭咭呱呱，怪可怜见的。

　　这个动物园各部分空气光线都不错，又有冷室温室，给动物很周到的设计。只是才二百亩地，实在施展不开，小东西还罢了，像狮子老虎老是关在屋里，未免委屈英雄，就是白熊等物虽有特备的台子，还是局得很；这与鸟笼子也就差得有限了。固然，让这些动物完全自由，那就无所谓动物园；可是若能给它们较大的自由，让它们活得比较自然些，看的人岂不更得看些。所以一九二七年上，动物学会又在伦敦西北惠勃司奈得（Whipsnade, Bedfordshire）地方成立了一所动物园，有三千多亩；据说，那些庞然大物自如多了，游人看起来也痛快多了。

以上几个园子都在市内，都在泰晤士河北。河南偏西有个大大有名的邱园（Kew Gardens），却在市外了。邱园正名"王家植物园"，世界最重要，最美丽的植物园之一；大一千七百五十亩，栽培的植物在二万四千种以上。这园子现在归农部所管，原也是王室的产业。一八四一年捐给国家；从此起手研究经济植物学和园艺学，便渐渐著名了。他们编印大英帝国植物志。又移种有用的新植物于帝国境内，如西印度群岛的波罗蜜，印度的金鸡纳霜，都是他们介绍进去的。园中博物院四所；第二所经济植物学博物院设于一八四八，是欧洲最早的一个。

但是外行人只能赏识花木风景而已。水仙花最多，四月尾有所谓"水仙花礼拜日"，游人盛极。温室里奇异的花也不少。园里有什么好花正开着，门口通告牌上逐日都列着表。暖气室最大，分三部：喜马拉耶室养着石楠和山茶，中国石楠也有，小些；中部正面安排着些大凤尾树和棕榈树；凤尾树真大，得仰起脖子看，伸开两胳膊还不够它宽的。周围绕着些时花与灌木之类。另一部是墨西哥室，似乎没有什么特别的东西。

东南角上一座塔，可不能上；十层，一百五十五尺，造于十八世纪中，那正是中国文化流行欧洲的时候，也许是中国的影响吧。据说还有座小小的孔子庙，但找了半天，没找着。不远儿倒有座彩绘的本牌坊，所谓"敕使门"的，那却造了不过二十年。从塔下到一个人工的湖有一条柏树甬道，也有森森之意；可惜树太细瘦，比起我们中山公园，真是小巫见大巫了。所谓"竹园"更可怜，又不多，又不大，也不秀，还赶不上西山大悲庵那些。

## 田老师讲：

在欧洲的旅行中，热爱大自然的朱自清逛了许多公园。这些公园各有特色，无论是历史的厚重、文化的瑰丽，还是自然的美丽，经他的笔，都给读者留下了深刻的印象。

在这篇写景的散文里，他首先写到的是海德公园，公园不但是休闲之地，也是"发声"之地，海德公园最大的特点是"各党各派的人都到这儿来宣传他们的道理。"他还遇到了支持中国的朋友，"那时刚过'一二八'不久，他颇为我们抱不平"。

作者提到的第二个公园是摄政公园，在这里人们可以跟小松鼠、小鸽子、小麻雀为伴，仿佛进入了自然的天堂，一派宁静和恬淡。接下来主要写的伦敦的动物园与植物园，他们的特点都是最古老、最大，动植物最多，让人目不暇接，流连忘返。

这些欧洲的公园，每一个都散发着独特的魅力。它们不仅是自然的美景，更是历史的见证者和文化的传承之地。通过这样的散文，读者们可以了解到欧洲各国公园的独特魅力和历史文化背景。他们可以感受到不同国家的风土人情和文化特色，从而拓宽视野，增长见识。

## 拓展阅读

## 英国国家公园

### 海德公园（Hyde Park）

海德公园，伦敦标志性皇家公园，占地广阔，历史悠久。原为狩猎场，后辟为公众公园，见证了伦敦的变迁。1851年，水晶宫在此建成，举办了万国工业博览会。随着城市扩张，海德公园成为市中心绿洲，吸引了众多游客。

九曲湖（Serpentine Lake）：将公园分为两部分，湖边景色优美，常有划船等水上活动。

海德公园骑兵营：位于公园南端，清晨可以看到驯马活动。

大理石凯旋门和威灵顿拱门：分别位于公园的东北角和东南角，是公园的标志性建筑。

演讲者之角（Speakers' Corner）：位于公园东北角，是一个可以公开发表言论的地方，每个星期天下午都有人站在肥皂箱上发表演说，是英国民主的象征。

公开演讲场景

# 博物院

1936 年 10 月 19 日作
原载 1936 年 12 月《中学生》第 70 号

伦敦的博物院带画院，只捡大的说，足足有十个之多。在巴黎和柏林，并不"觉得"博物院有这么多似的。柏林的本来少些；巴黎的不但不少，还要多些，但除卢佛宫外，都不大。最要紧的，伦敦各院陈列得有条有理的，又疏朗，房屋又亮，得看；不像卢佛宫，东西那么挤，屋子那么黑，老教人喘不出气。可是，伦敦虽然得看，说起来也还是千头万绪；真只好捡大的说罢了。

先看西南角。维多利亚亚伯特院最为堂皇富丽。这是个美术博物院，所收藏的都是美术史材料，而装饰用的工艺品尤多，东方的西方的都有。漆器，磁器，家具，织物，服装，书籍装订，道地五光十色。这里颇有中国东西。漆器磁器玉器不用说，壁画佛像，罗汉木像，还有乾隆宝座也都见于该院的"东方百珍图录"里。图录里还有明朝李麟（原作 Li Ling，疑系此人）画的《波罗球戏图》；波罗球骑着马打，是唐朝从西域传来的。中国现在似乎没存着这种画。院中卖石膏像，有些真大。

自然史院是从不列颠博物院分出来的。这里才真古色古香，也才真"巨大"。看了各种史前人的模型，只觉得远烟似的时代，无从凭吊，无从怀想——满够不上分儿。中生代大爬虫的骨架，昂然站在屋顶下，人还够不上它们一条腿那么长，不用提"项背"了。现代鲸鱼的标本虽然也够大的，但没腿，在陆居的我们眼中就差多了。这里有夜莺，自然是死的，那样子似乎也并不特别秀气；嗓子可真脆真圆，我在话匣片里听来着。

欧战院成立不过十来年。大战各方面，可以从这里略见一斑。这里有模型，有透视画（dioramas），有照相，有电影机，有枪炮等等。但最多的还是画。大战当年，英国情报部雇用一群少年画家，教他们搁下自己的工作，大规模的画战事画，以供宣传，并作为历史纪录。后来少年画家不够用，连老画家也用上了。那时情报部常常给这些画家开展览会，个人的或合伙的。欧战院的画便是那些展览作品的一部分。少年画家大约都是些立体派，和老画家的浪漫作风迥乎不同。这些画家都透视了战争，但他们所成就的却只是历史纪录，艺术是没有什么的。

现在该到西头来，看人所熟知的不列颠博物院了。考古学的收藏，名人文件，抄本和印本书籍，都数一数二；顾恺之《女史箴》卷子和敦煌卷子便在此院中。瓷器也不少，中国的，土耳其的，欧洲各国的都有；中国的不用说，土耳其的青花，浑厚朴拙，比欧洲金的蓝的或刻镂的好。考古学方面，埃及王拉米塞斯第二（约公元前1250）巨大的花岗石像，几乎有自然史院大爬虫那么高，足为我们扬眉吐气；也有坐像。坐立像都僵直而四方，大有虽地动山摇不倒之势。这些像的石质尺寸和形状，表示统治者永久的超人的权力。还有贝叶的《死者的书》，用象形字和俗字两体写成。罗塞他石，用埃及两体字和希腊文刻着诏书一通（公元前195），一七九八年出土；从这块石头上，学者比对希腊文，才读通了埃及文字。

**知识速递：**

顾恺之（348－409年）：东晋杰出画家、绘画理论家、诗人。顾恺之博学多才，擅诗赋、书法，尤善绘画。精于人像、佛像、禽兽、山水等，世人称之为"三绝"：画绝、才绝和痴绝。顾恺之作画，意在传神，其"迁想妙得""以形写神"等论点，为中国传统绘画的发展奠定了基础。

《女史箴 (zhēn) 图》

　　希腊巴昔农庙（Parthenon）各件雕刻，是该院最足以自豪的。这个庙在雅典，奉祀女神雅典巴昔奴；配利克里斯（Pericles）时代，教成千带万的艺术家，用最美的大理石，重建起来，总其事的是配氏的好友兼顾问，著名雕刻家费迪亚斯（Phidias）。那时物阜民丰，费了二十年工夫，到了公元前四三五年，才造成。

　　庙是长方形，有门无窗；或单行或双行的石柱围绕着，像女神的马队一般。短的两头，柱上承着三角形的楣；这上面都雕着像。庙墙外上部，是著名的刻壁。庙在一六八七年让威尼斯人炸毁了一部分；一八〇一年，爱而近伯爵从雅典人手里将三角楣上的像，刻壁，和些别的买回英国，费了七万镑，约合百多万元；后来转卖给这博物院，却只要一半价钱。院中特设了一间爱而近室陈列那些艺术品，并参考巴黎国家图书馆所藏的巴昔农庙诸图，做成庙的模型，巍巍然立在石山上。

151

**知识速递：**

配利克里斯（约前495—前429年）：即伯里克利，雅典执政官。他在希波战争后的废墟中重建雅典，扶植文化艺术。他的时代也被称为伯里克利时代，是雅典最辉煌的时代，产生了苏格拉底、柏拉图等一批知名思想家。

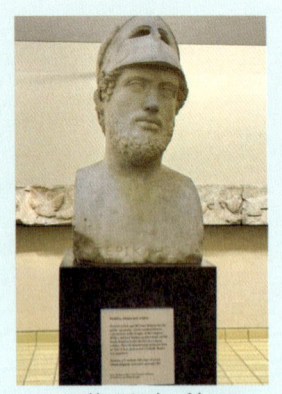

伯里克利

费迪亚斯：即菲狄亚斯，雅典人。被公认为最伟大的古典雕刻家。其著名作品为世界七大奇迹之一的宙斯巨像和帕特农神殿的雅典娜巨像，两者虽然都早已被毁，不过有许多古代复制品传世。

菲狄亚斯

物阜民丰：物产丰富，人民安乐。

爱而近伯爵：即第七代伯爵托马斯·布鲁斯，是英国历史上一位具有争议的外交官和文物收藏家。他酷爱文物，在担任驻奥斯曼帝国大使期间，利用职权之便，雇佣工匠拆除了希腊帕特农神庙的大量雕塑，并将这些珍贵的艺术品运回英国。这一行为在当时引起了巨大的争议，并使得他成为"文物掠夺者"的代名词。

爱而近伯爵

希腊雕像与埃及大不相同，绝无僵直和紧张的样子。那些艺术家比较自由，得以研究人体的比例；骨架，肌理，皮肉，他们都懂得清楚，而且有本事表现出来。又能抓住要点，使全体和谐不乱。无论坐像立像，都自然，庄严，造成希腊艺术的特色：清明而有力。当时运动竞技极发达；艺术家雕神像，常以得奖的人为"模特儿"，赤裸裸的身体里充满了活动与力量。可是究竟是神像；所以不能是如实的人像而只是理想的人像。这时代所缺少的是热情，幻想；那要等后世艺人去发展了。

庙的东楣上运命女神三姊妹像，头已经失去了，可是那衣褶如水的轻妙，衣褶下身体的充盈，也从繁复的光影中显现，几乎不相信是石人。那刻壁浮雕着女神节贵家少女献衣的行列。少女们穿着长袍，庄严的衣褶，和运命女神的又不一样，手里各自拿着些东西；后面跟着成队的老人，妇女，雄赳赳的骑士，还有带祭品的人，齐向诸神而进。诸神清明彻骨，在等待着这一行人众。这刻壁上那么多人，却不繁杂，不零散，打成一片，布局时必然煞费苦心。而细看诸少女诸骑士，也各有精神，绝不一律；其间刀锋或深或浅，光影大异。少壮的骑士更像生龙活虎，千载如见。

**知识速递：**

楣：门楣，就是正门上方门框上部的横梁，一般都是粗重实木制就。古代按照建制，只有朝廷官吏所居府邸才能在正门之上标示门楣，一般平民百姓是不准有门楣的。

院中所藏名人的文件太多了。像莎士比亚押房契，密尔顿出卖《失乐园》合同（这合同是书记代签，不出密氏亲笔），巴格来夫（Palgrave）《金库集》稿，格雷《挽歌》稿，哈代《苔丝》稿，达文齐，密凯安杰罗的手册，还有维多利亚后四岁时铅笔签字，都亲切有味。至于《荷马史诗》的贝叶，公元一世纪所写，在埃及发现的，以及九世纪时希伯来文《旧约圣经》残页，据说也许是世界上最古《圣经》钞本的，却真令人悠然遐想。还有，二世纪时，罗马舰队一官员，向兵丁买了一个七岁的东方小儿为奴，立了一张贝叶契，上端盖着泥印七颗；和英国大宪章的原本，很可比着看。

院里藏的中古钞本也不少；那时欧洲僧侣非常闲，日以抄书为事；字用峨特体，多棱角，精工是不用说的。他们最考究字头和插画，必然细心勾勒着上鲜丽的颜色，蓝和金用得多些；颜色也选得精，至今不变。

某抄本有岁历图，二幅，画十二月风俗，细致风华，极为少见。每幅下另有一栏，画种种游戏，人物短小，却也滑稽可喜。画目如下：正月，析薪；二月，炬舞；三月，种花，伐木；四月，情人园会；五月，荡舟；六月，比武；七月，行猎；刈麦；八月，获稻；九月，酿酒；十月，耕种；十一月，猎归；十二月，屠豕。

钞本和印本书籍之多，世界上只有巴黎国家图书馆可与这博物院相比；此处印本共三百二十万余册。有穹窿顶的大阅览室，圆形，室中桌子的安排，好像车轮的辐，可坐四百八十五人；管理员高踞在毂中。

**知识速递：**

析薪：意思是劈柴。

刈麦 (yì mài)：割麦子。

屠豕 (shǐ)：杀猪。

毂 (gǔ)：泛指车。


次看画院。国家画院在西中区闹市口，匹对着特拉伐加方场一百八十四英尺高的纳尔逊石柱子。院中的画不算很多，可是足以代表欧洲画史上的各派，他们自诩，在这一方面，世界上那儿也及不上这里。

最完全的是意大利十五六世纪的作品，特别是佛罗伦司派，大约除了意大利本国，便得上这儿来了。画按派别排列，可也按着时代。但是要看英国美术，此地不成，得上南边儿泰特（Tate）画院去。那画院在泰晤士河边上；一九二八年水上了岸，给浸坏了特耐尔（Joseph Malord William Turner，1775–1851）好多画，最可惜。

特耐尔是十九世纪英国最大的风景画家，也是印象派的先锋。他是个劳苦的孩子，小时候住在菜市旁的陋巷里，常只在泰晤士河的码头和驳船上玩儿。他对于泰晤士河太熟了，所以后来爱画船，画水，画太阳光。再后来他费了二十多年工夫专研究光影和色彩，轮廓与内容差不多全不管；这便做了印象派的前驱了。

他画过一幅《日出：湾头堡子》，那堡子淡得只见影儿，左手一行树,也只有树的意思罢了;可是,瞧,那金黄的朝阳的光,顺着树水似的流过去,你只觉着温暖,只觉着柔和,在你的身上,那光却又像一片海,满处都是的,可是闪闪烁烁,仪态万千,教你无从捉摸,有点儿着急。

**知识速递:**

特耐尔(1775—1851年):即约瑟夫·马洛德·威廉·透纳:英国最伟大的浪漫主义风景画家,水彩画家和版画家。他以善于描绘光与空气的微妙关系而闻名,尤其擅长表现水气弥漫的景象。他的作品充满了幻想、动感与力量,对后来的法国印象派产生了深远影响。

透纳自画像

特耐尔以前,坚士波罗(Gainsborough,1727—1788)是第一个人脱离荷兰影响,用英国景物作风景画的题材;又以画像著名。何嘉士(Hogarth,1697—1764)画了一套《结婚式》,又生动又亲切,当时刻板流传,风行各处,现存在这画院中。美国大画家惠斯勒(Whistler)称他

为英国仅有的大画家。雷诺尔兹（Reynolds，1723—1792）的画像，与坚士波罗并称。

画像以性格与身分为主，第一当然要像。可是从看画者一面说，像主若是历史上的或当代的名人，他们的性格与身分，多少总知道些，看起来自然有味，也略能批评得失。若只是平凡的人，凭你怎样像，陈列到画院里，怕就少有去理会的。因此，画家为维持他们永久的生命计，有时候重视技巧，而将"像"放在第二着。

雷诺尔兹与坚士波罗似乎就是这样的人。他们画的像，色调鲜明而飘渺。庄严的男相，华贵的女相，优美活泼的孩子相，都算登峰造极；可就是不大"像"。坚氏的女像总太瘦；雷氏的不至于那么瘦，但是像主往往退回他的画，说太不像。——国家画院旁有个国家画像院，专陈列英国历史上名人的像，文学家，艺术家，科学家，政治家，皇族，应有尽有，约共二千一百五十人。油画是大宗，排列依着时代。这儿也看见雷坚二氏的作品；但就全体而论，历史比艺术多的多。

**知识速递：**

坚士波罗（1727—1788年）：即托马斯·庚斯博罗，18世纪英国著名的肖像画家和风景画家。他喜欢作全身肖像，并喜欢将人物放在流动的风景前。他的风景画充满田园牧歌情调，注重色彩和光线的运用。

托马斯·庚斯博罗自画像

何嘉士（1697-1764年）：即威廉·贺加斯，英国著名的画家、版画家、讽刺画家，被誉为"英国绘画之父"，同时也是欧洲连环漫画的先驱。他的作品范围极广，从卓越的现实主义肖像画到连环画系列，经常讽刺和嘲笑当时的政治和风俗，具有强烈的社会批判性。

《画家和他的哈巴狗》

雷诺尔兹（1723—1792年）：即乔舒亚·雷诺兹爵士，英国18世纪后期最杰出的肖像画家和艺术评论家之一。他倡导艺术家努力追求庄严与崇高的题材，赋予肖像画以庄严和历史画的性质。

雷诺兹自画像

泰特画院中还藏着诗人勃来克（William Blake，1757—1827）和罗塞蒂（Dante Gabriel Rossetti，1828—1882）的画。前一位是浪漫诗人的先驱，号称神秘派。自幼儿想象多，都表现在诗与画里。他的图案非常宏伟；色彩也如火焰，如一飞冲天的翅膀。所画的人体并不切实，只用作表现姿态，表现动的符号而已。后一位是先拉斐尔派的主角；这一派是诗与画双管齐下的。他们不相信"为艺术的艺术"，而以知识为重。画要叙事，要教训，要接触民众的心，让他们相信美的新观念；画笔要细腻，颜色却不必调和。罗氏作品有着清明的调子，强厚的感情；只是理想虽高，气韵却不够生动似的。

> **知识速递：**
>
> 勃来克（1757—1827 年）：即威廉·布莱克，英国第一位重要的浪漫主义诗人、版画家，英国文学史上最重要的伟大诗人之一。
>
> 罗塞蒂（1828—1882 年）：即但丁·加百利·罗塞蒂，拉斐尔前派的一位核心人物，他的作品充满了忧郁、梦幻和细致入微的女性形象。他不仅是画家还是诗人，其艺术风格对后来的唯美主义和象征主义产生了深远影响。

威廉·布莱克

加百利·罗塞蒂

当代英国名雕塑家爱勃斯坦（Jacob Epstein）也有几件东西陈列在这里。他是新派的浪漫雕塑家。这派人要在形体的部分中去找新的情感力量；那必是不寻常的部分，足以扩展他们自己情感或感觉的经验的。他们以为这是美，夸张的表现出来；可是俗人却觉得人不像人，物不像物，觉得丑，只认为滑稽画一类。爱氏雕石头，但是塑泥似乎更多；塑泥的表面，决不刮光，就让那么凸凸凹凹的堆着，要的是这股劲儿。塑完了再倒铜。——他也卖素描，形体色调也是那股浪漫劲儿。

以上只有不列颠博物院的历史可以追溯到十八世纪；别的都是十九世纪建立的，但欧战院除外。这些院的建立，固然靠国家的力量，却也靠私人的捐助——捐钱盖房子或捐自己的收藏的都有。各院或全不要门票，像不列颠博物院就是的；或一礼拜中两天要门票，票价也极低。他们印的图片及专册，廉价出售，数量惊人。又差不多都有定期的讲演，一面讲一面领着看；虽然讲的未必怎样精，听讲的也未必怎样多。这种种全为了教育民众，用意是值得我们佩服的。

## 田老师讲：

朱自清的这组欧洲游记是写给中学生看的，当年均首发在《中学生》杂志上。曾经当过数年中学老师的朱自清，其责任一直没有卸下来，他用自己的文学带着中国的中学生游欧洲，看世界。

百年前，没有视频，照片也很少，因此，他尽可能地用文字把他看把的东西详细地描述下来（还要考虑版面的大小，恐怕不能畅所欲言），让人如临其境。在伦敦，他带着读者浏览了数家博物馆，有美术博物馆维多利亚与艾尔伯特博物馆，巨大的自然史博物馆，世界上历史最悠久、规模最宏伟的综合性博物馆，以及收藏现代艺术品的泰特美术馆。东西太多太多。他尽量拣最重要的藏品和最具代表性的艺术家进行介绍。

文末，朱自清发出感慨，伦敦的博物馆历史悠久、藏品丰富，国家和民众都出资出力，不收或少收门票，宣传册售价低廉，"这种种全为了教育民众，用意是值得我们佩服的"。如今，我们的博物馆全部免费开放，国家的宝藏受到了珍视，不时看到流落海外的国宝回家的消息，朱自清先生可以含笑了。

## 拓展阅读

### 英国特色博物馆

## 维多利亚与艾尔伯特博物馆
（Victoria & Albert Museum）

维多利亚与艾尔伯特博物馆（通常缩写为 V&A），是世界上最重要的一座设计艺术史博物馆。位于英国伦敦，它是规模仅次于大英博物馆的第二大国立博物馆。该博物馆为纪念艾尔伯特亲王和维多利亚女王而命名，成立于 1852 年，已发展到覆盖 0.05 平方公里和 145 个画廊，并收藏有 5000 年历史的艺术品，从远古时代到现在，从欧洲、北美、亚洲到北非文化，遍布各洲。博物馆 200 个展厅陈列了来自世界各地的 400 多万件展品，涵盖了每一个艺术门类。馆内有很多特色的展品，比如中国皇帝的龙椅、日本武士的服装和刀、婚礼服等。